1

L'Aube du Secret

Anne De Rosalys

L'aube du secret

roman

Pour ma reine Camille,
une fée éternelle.

Le pouvoir de lire, c'est le pouvoir d'aimer.

Anne De Rosalys

Of a Rose is all any song

Listen nobles and Youngs

How rose not outset spring

Is all this world I know none

I so desire that fair Rose

In Bethleem that flower never seen

A lovely blossom bright of sheen

The rose is Mary heaven's queen

Out of her wemb that blossom lose

<u>Poème médiéval anglais</u>

Horizon funèbre

Il faisait nuit et le conducteur avançait à faible allure. Il portait des gants en cuir noirs et tenait le volant avec fermeté. Pour être certain de ne pas être dérangé pendant son parcours, il empruntait les ruelles les moins fréquentées de la ville. Au feu suivant, alors que la voiture était à l'arrêt, il alluma le poste de radio pour écouter les informations puis, l'instant d'après, approcha la paume de sa main droite devant ses narines. Il éternua bruyamment. Son nez coulait et il l'essuya avec le mouchoir à carreaux qui traînait dans sa poche. Le chauffeur remonta son cache-cou, il avait mal à la gorge. On ne distinguait plus que la lisière de ses yeux. Il tourna la tête vers l'arrière puis à travers le rétroviseur regarda à l'extérieur de la camionnette. Il faisait nuit, personne ne le suivait, il était tranquille comme prévu. Il orienta son regard par-dessus la banquette. Un rictus se dessina sur le haut de ses pommettes. La langue ballante, à moitié enroulé dans une couverture, le cadavre attendait d'être laminé. Le criminel hocha du menton ; le vieux s'était écroulé devant lui avant même qu'il n'eût à le toucher ; curieuse coïncidence. Le feu passa au vert et il appuya sur l'accélérateur. L'air était froid. D'après la météo, des chutes de neige étaient attendues dans les prochaines vingt-quatre heures. Il éternua de nouveau et régla le chauffage à son maximum. Ce rhume s'annonçait plutôt de bon augure, son timbre de voix serait différent pendant plusieurs jours.

Quelques minutes plus tard, à mi-chemin entre les venelles de Saint-Denis et de Saint-Ouen, l'homme débarqua sur les quais de Seine, puis s'engouffra dans une impasse où une enfilade de garages attendait sa venue. L'endroit était désert. Il s'arrêta devant l'un d'eux qu'il avait loué et sortit du véhicule sans couper le contact. Il glissa une clef dans la serrure et tira avec poigne pour ouvrir la porte. Une lumière opaque se diffusa automatiquement dans l'espace confiné. L'humidité jonchait les murs de traces grises stagnantes et le sol était couvert d'une

11

couche épaisse de poussière noire. Ici, il pourrait terminer son affaire. Il vérifia rapidement que la malle qu'il avait entreposée avec son matériel était toujours là. Les fleurs, quant à elles, attendaient dans un bac au fond à droite, mais à cause de ses sinus bouchés, il n'en sentait pas l'odeur. Il remonta dans le véhicule et, tandis qu'à la radio une journaliste annonçait de sa voix suave l'événement culturel de la saison, il se gara. La Biennale de Haute Joaillerie se tenait cette année dans les salons du Grand Palais jusqu'à la fin du mois de décembre. Il maugréa quelques paroles imperceptibles et éteignit l'appareil. Il devait agir vite. Tout devait être prêt pour le lendemain matin, avant le lever du soleil. Il s'enferma dans le local et observa le bonhomme. Il signait peut-être son heure de gloire, mais il n'en était pas certain. Son avenir était scellé dans l'amertume pour le reste de ses jours, il ne savait pas s'il réussirait à vivre de nouveau dans la joie. L'entreprise mystique qui l'habitait était si périlleuse et si ambitieuse. D'autres avaient échoué avant lui. Nul ne pouvait l'aider, il n'avait plus le choix, il irait jusqu'au bout. Il savait qu'il laisserait une trace dans l'histoire. Il ôta la couverture qui protégeait le corps et lui enleva ses vêtements. Pour éviter de salir le sol, il allongea le vieillard sur une bâche en plastique qu'il traîna sur le carrelage crasseux. La réussite ne pouvait s'accomplir que grâce à son empreinte d'orfèvre. Il attrapa la malle, où il avait entreposé son matériel et y prit un feutre bleu. Il dessina un œuf avec la pointe, aussi ovale que possible, à l'emplacement du cœur. Il rangea l'outil scripteur, puis empoigna une dague qui était placée à côté. Il inspira lentement, et enfonça l'outil pointu dans le thorax immobile. Il parcourut quelques centimètres de manière circulaire, la lame butait et il s'y essaya à plusieurs reprises. Des taches brunes de sang se formaient et se déposaient en petits amas sur ses gants de cuir. En séchant, elles durcissaient la peau tannée. Il vida l'orifice de tout ce qu'il put y trouver, aussi bien les os que la chair et râcla les bords de sa coquille dessinée. Puis, il essuya sa lame et jeta les déchets qui ne l'intéressaient pas dans un sac poubelle, il s'occuperait plus tard de tout brûler. Trente minutes plus tard, le meurtrier était à genoux devant la victime. Alors que du sang coagulait autour du cou, il récitait en latin une curieuse oraison. Soulagé d'avoir accompli sa funeste besogne, il se releva et rangea dans le coffre du fourgon de location le caisson en bois où reposait la tête de sa proie. Il sortit de sa poche une deuxième paire de gants en cuir propres et l'enfila. Il ne lui restait plus qu'à habiller la dépouille pour l'aurore funéraire et à préparer le coussin mortuaire. Il avait toute la nuit pour cela. A l'orée du jour, son crime serait visible de tous.

Première partie

Il n'y a pas d'autre printemps qui dure que celui du cœur.

Anne De Rosalys

I

Clichy la Garenne, samedi 11 novembre 2017

Allongé sur son vieux canapé, Emmanuel Leverick dormait profondément. La télévision diffusait *November Rain*, le vieux clip des Gun's and Roses et ses clefs traînaient sur la table du salon à côté d'une bouteille de whisky à moitié vide. L'écho sonore de la barre de son résonnait jusque dans le couloir, au demeurant déserté à cette heure matinale, mais sa soirée avait été suffisamment agitée pour qu'il n'eût ni le courage de fermer la porte, ni celui de se servir un verre, lorsqu'il franchit le palier de son appartement deux heures auparavant. Epuisé, il s'était étalé de tout son poids sur les coussins décrépits sans même quitter ses vêtements.

Il avait quitté ses collègues de la brigade criminelle un peu plus tôt. Avec son équipe, il venait de résoudre une sordide affaire de prostitution dans le quartier de Barbès, qui avait plus ou moins mal tourné et l'avait confronté une fois de plus aux sombres aléas de la vie de l'espèce humaine. Comme il avait été d'astreinte cette semaine, c'était à lui qu'incombait la tâche odieuse de gérer tous les imprévus et il n'y avait pas échappé.

L'opération devait être une simple routine, mais tourna au drame. Depuis quelques jours, ils planquaient aux abords d'un immeuble insalubre, où vivaient, entourées d'une marmaille florissante, de nombreuses jeunes femmes d'origine africaine. Ils savaient que le maquereau venait régulièrement en soirée réclamer sa part du marché. L'attente porta ses fruits. Le deuxième soir, les policiers l'arrêtèrent en flagrant délit de proxénétisme chez une des courtisanes. Ils étaient sur le point d'emmener le souteneur, lorsqu'ils entendirent des hurlements provenant de l'étage du dessus. L'une des filles venait de faire une overdose dans un appartement voisin et quelqu'un en haut criait à l'aide.

17

C'était immonde, la chambre de la fille était un dépotoir de seringues, de préservatifs usagés et de linge puant. Le matelas sur lequel ils la trouvèrent baignait dans le sang. Sous l'emprise de la drogue, elle venait de faire une fausse couche. La mineure de seize ans était morte, le bébé, à vingt semaines d'aménorrhée, aussi. A la relève, Emmanuel fut contraint de rester. Entre la protection du lieu, l'arrivée de la police scientifique et les formalités administratives, l'affaire dura une éternité. A trois heures du matin, le capitaine put enfin rentrer chez lui. La veille, les météorologues avaient annoncé une vague de froid sans précédent et les premiers flocons commençaient à se déposer sur les toits de Paris. Las de fatigue, il démarra le moteur de sa nouvelle moto dans l'avenue de Barbès étrangement silencieuse. Une masse épaisse et poisseuse s'accumulait sur la visière de son casque incommodant son sens de l'orientation. Le flic s'arma de patience pour atteindre la porte de Clichy et traverser le Boulevard Jean Jaurès jusqu'au numéro quarante-six. Les camions de salage n'étaient pas encore passés, la neige fraîche et poudreuse rendait la circulation quasi impossible. Il redoubla de vigilance lorsqu'il fallut garer le véhicule sans l'endommager dans la cour intérieure de la résidence où une fine couche de glace cristalline s'était déposée. Puis, il enleva son casque de motard, emprunta l'ancien couloir de service et monta deux à deux les marches du vieil escalier en colimaçon. Il termina son chemin au troisième étage, ouvrit la porte sans prendre le soin de la refermer derrière lui, jeta son manteau et ses clefs, n'envisagea même pas de se servir un verre mais se déchaussa quand même de ses bottes noires dégoulinantes et visqueuses. Ereinté, il s'endormit.

*

Le téléphone fixe sonnait depuis quelques minutes déjà et Leverick ne l'entendit pas. Il ronflait et la musique, qui provenait du téléviseur, couvrait le hululement du combiné. Un

18

effleurement étrange parvint pourtant à déranger sa saine tranquillité. Il se gratta le nez, ronchonna et fit glisser sa main droite ballante jusqu'à la base de son cou comme pour se soulager d'une douleur aux cervicales, sauf qu'une chaleur humide le chatouillait au niveau du lobe de l'oreille. Pris soudain de violents picotements à la gorge, Emmanuel se réveilla brusquement en éternuant :

- Argh ! suffoqua-t-il, qu'est-ce-que tu fais encore là Balai-brosse ! Retourne chez toi, tu sais bien que je ne supporte pas l'odeur de tes poils !

Emmanuel empoigna l'énorme chat noir angora par la peau du dos et le jeta sur le sol.

Depuis qu'il avait daigné le nourrir lors des dernières vacances de sa voisine, la bête avait pris la mauvaise habitude de terminer ses virées nocturnes chez lui. Le félin aimait particulièrement répandre à profusion ses fines particules de toison qui se regroupaient en petites touffes grisâtres et sécrétaient des toxines allergiques nocives. L'animal détesté se vautra contre le mur de la cuisine et sortit par l'entrebâillement en miaulant contre son agresseur.

- C'est ça et ne ramène plus jamais tes maudites pattes ici !

L'œil vitreux et hagard, Emmanuel ramassa la télécommande qui traînait au sol et se perdit un instant dans les images qui défilaient à l'écran :

And it's hard to hold a candle
In the cold november rain,
Don't you think that you need someone
Everybody needs somebody.

Il grimaça en imaginant sa sœur Sarah lui parler.

- Ne crois-tu pas que tu as besoin de quelqu'un ? Tout le monde a besoin de quelqu'un, lui disait-elle encore la semaine dernière.

Non. La solitude lui convenait très bien maintenant ; son cœur n'appartiendrait plus jamais à personne, il était libre.

Désormais, il profitait d'aventures d'un soir sans s'attacher et ainsi, se disait-il, c'était mieux. Il regarda par la fenêtre, il neigeait encore, le ciel très nuageux s'attardait sur ses dernières couleurs obscures. Un pincement au cœur le saisit, il alluma une bougie près de la photo de Clara. Bientôt deux ans qu'elle était partie. En novembre cette année-là, il ne pleuvait pas, il ne neigeait pas non plus comme aujourd'hui. La météo était clémente et leur soirée s'annonçait agréable. Le clip vidéo se terminait. La dernière scène était tragique et lui procura une violente douleur au creux de l'estomac. Des roses déposées sur un cercueil d'ébène, perdaient leur couleur grenade pour arborer une blancheur douce, immaculée. Agacé, le capitaine Emmanuel Leverick éteignit le téléviseur. Il perçut enfin la sonnerie du téléphone.

Maintenant, il était six heures ; il avait dormi deux heures, c'était trop peu. Cinq heures lui suffisaient, pas deux. Envahi d'un mauvais pressentiment, Emmanuel décrocha. A l'autre bout du fil, une femme gémissait.

- Mais qu'est-ce-que tu faisais ! Ton portable ne répond pas et je t'avais demandé d'être joignable vingt-quatre heures sur vingt-quatre.

C'était Sarah. Il était à peine réveillé, mais il se souvint que justement, il avait mis son téléphone sur vibreur pour qu'elle n'interrompit pas son sommeil.

- Il arrive, il arrive, Emmanuel, dépêche-toi, viens vite !

- Et Charlie ?

- Il est sur le trajet dans le premier avion de Dublin. Je sais que c'est maintenant, active-toi !

Sarah hurlait à présent.

- J'ai des contractions bon sang, je n'en peux plus, grouille toi !

Emmanuel laissa planer le doute, il avait promis d'être à ses côtés le jour de l'accouchement si son mari n'était pas rentré de son voyage d'affaires. La grossesse arrivait à son terme la semaine prochaine et il avait dit oui par acquit de conscience, espérant que Charlie écourterait sa mission et que le petit attendrait son père pour naître. Nécessairement, il avait eu tort. Ce genre de truc ne l'intéressait pas du tout, simplement là il n'avait pas d'autre choix que de l'aider.

- Ok, bon j'arrive, répondit-il mollement.
- C'est maintenant que j'ai besoin de toi, tu m'avais promis ! Dépêche-toi, j'ai de plus en plus mal.

Sa voix avait changé d'inflexion, Emmanuel comprit que les contractions lui causaient une douleur extrême, il la sentait proche de l'hystérie.

-Je prends une douche vite fait et j'arrive.

- Hors de question, sois là dans trente minutes. Mon gynécologue m'a expliqué que j'avais une heure après la rupture de la poche des eaux pour arriver à la maternité, sinon le petit sera en danger.

Elle raccrocha. Il n'avait même pas tenté de la rassurer. Au moins il avait dormi deux heures. Emmanuel bondit hors de chez lui et décolla sur sa moto en direction du Trocadéro. Par chance, le périphérique circulait correctement et les sableuses étaient passées. Quand Emmanuel arriva chez Sarah, la neige avait cessé de tomber.

II

Ils avaient eu un accident, Emmanuel n'en revenait toujours pas. La fin de la nuit était brumeuse et glissait à peine vers le crépuscule, lorsqu'il avait engagé le monospace de Sarah dans la rue Nicolo pour la déposer à la clinique de la Muette. Des nuages poudreux et charnus éclaircissaient la couleur opaque du ciel et la lumière des réverbères se reflétait dans la neige. Le sol était glissant et Emmanuel devait manœuvrer avec précautions, mais sa sœurette était impatiente et haletait de douleur. Elle sentait l'enfant arriver et hurlait d'une voix plaintive :

- Tu es arrivé trop tard Emmanuel ! C'est horrible, mon bébé va naître dans cette voiture et Charlie qui n'est même pas là !

Paniqué, le capitaine aperçut une place dans l'autre sens de la conduite et accéléra. Il freina brusquement pour engager son créneau et là, un coup de klaxon strident les fit sursauter. Leurs pneus dérapèrent contre les bordures surélevées du trottoir, tandis que derrière eux, une mini rouge pilait contre un poteau de stationnement. Les deux voitures ne roulaient pas vite sur la voie verglacée, et par chance, la collision avait été moindre, mais ils avaient tous été bien secoués. Les carrosseries n'étaient pas trop endommagées, la carriole de sa sœur avait crevé et l'autre conducteur qui avait glissé sur une plaque de verglas, avait failli les mettre dans un sérieux pétrin avec ses manœuvres de débutant. Pris de nerfs, le capitaine ouvrit sa portière et sortit. Il donna un coup de pied féroce sur le pneumatique déformé. A cet instant, Sarah hurla si fort qu'il crut qu'elle perdait la vie. Transi de panique, il se figea, les deux pieds tétanisés sur la glace du trottoir, lorsqu'une jeune femme curieusement coiffée se planta devant lui. Ses cheveux lisses s'amoncelaient en bataille autour de son visage livide. Ils devaient avoir été attachés au préalable en chignon strict car des pinces s'éparpillaient un peu partout sur la chevelure emmêlée. Le chauffard était une demoiselle et à ses yeux, elle ne ressemblait à rien d'autre qu'une bourgeoise mal lunée du

XVIème arrondissement de Paris. Pourtant, devant l'urgence de la situation, elle semblait animée par une force surhumaine et elle s'était extirpée de son véhicule pour l'aider à secourir Sarah, malgré un dos meurtri par le choc et des jambes vacillantes. Ses grands yeux gris exprimaient une volonté de vaincre hors du commun, Emmanuel avait rencontré peu de personnes aussi courageuses dans sa vie. Elle allongea doucement le siège de sa sœur et lui prit le pouls tout en la rassurant.

- Ne vous en faites pas madame, tout va bien se passer, dit-elle en lui caressant le front

- Mais que faites-vous ? Vous êtes médecin ? cingla Leverick.

- Je suis sage-femme et je travaille ici à la clinique de la Muette. Ne restez pas planté là, monsieur, allez chercher quelqu'un pour nous aider.

Emmanuel courut chercher du renfort auprès du personnel de la clinique et appela également les pompiers. Ce fut moins une. L'aventure était cocasse et ils en garderaient un souvenir mémorable toute leur vie. A cette heure-ci, sa sœur couvait son fils dans une chambre bien douillette. Elle avait eu Charlie au téléphone, il était à l'aéroport et accourait pour les rejoindre. La fille, quant à elle, fut transférée à l'Hôtel Dieu par les sauveteurs sans même que ni lui, ni Sarah ne puissent la remercier. Elle avait été prise en charge très rapidement et placée par précaution sous oxygène, car juste avant l'arrivée des secours, elle s'était écroulée dans ses bras et il avait pu observer sa beauté mélancolique.

Maintenant, Emmanuel devait s'occuper des réparations des deux voitures. Il se retrouvait seul sur la voie publique, fatigué par les deux journées éreintantes qui venaient de s'écouler. Il appela une dépanneuse pour le monospace qui ne tarda pas à arriver puis monta dans la mini rouge.

Les clefs étaient encore sur le contact lorsque le capitaine démarra le moteur dans un vrombissement explosif. L'embrayage avait besoin d'être révisé et le pare-chocs avant était dans un piteux état, mais la voiturette pouvait rouler jusqu'au garage le plus proche. Du haut de ses un mètre quatre-vingt-dix, il se sentit vite à l'étroit dans cette minuscule boîte. Ses jambes étant plus longues que son buste, il devait se courber pour conduire car sa tête butait contre le toit. Il recula au maximum le siège en cuir beige, jusqu'à toucher la banquette arrière ; il s'en accommoderait.

- Encore une cage de poulette, s'exclama-t-il exaspéré !

Au même instant, son téléphone vibra. C'était Mallandre :

- On en a trouvé un Leverick. Il n'est pas net celui-là, je n'ai jamais vu cela de toute ma carrière, tu dois venir tout de suite. Tant pis pour tes heures de repos, mais là j'ai besoin de tout le monde sur le coup.

Le commandant ne s'était pas étalé plus sur l'affaire, à l'entendre il valait mieux pour lui qu'il s'active. Alors sans trop réfléchir, Leverick appuya sur l'accélérateur, direction place de l'Etoile. Il descendit l'avenue Paul Doumer et s'engagea sur les maréchaux pour atteindre la porte Maillot. Il passa une main sur ses joues rugueuses et se regarda dans le rétroviseur. Leverick ne s'était pas rasé depuis deux jours et de la barbe commençait à envahir sa face de séducteur. Il détestait cette apparence qui nuisait à son image. Il n'avait pas d'autre choix que de revoir cette fille pour lui rendre sa voiture. La prochaine fois, il lui faudrait être plus présentable. Avait-il vraiment envie de la revoir ? Il ne lui avait même pas demandé son prénom. Après tout, il pouvait très bien également déposer les clefs et les papiers à l'accueil de l'hôpital. Il s'occuperait de faire réparer la voiture à ses frais et laisserait tomber le constat à l'amiable. Il savait de toute évidence qu'il risquait une scène incroyable avec sa sœur, si par malheur il envisageait de faire jouer les assurances. Vues les circonstances, il devait jouer profil bas. Il était arrivé trop tard chez Sarah et le nourrisson pointait déjà le bout de son nez avant même qu'ils ne franchissent la rue Nicolo.

Le capitaine était à présent sur l'Avenue de la Grande Armée et passa un barrage de police en montrant sa carte. Le secteur était bouclé largement autour des grandes artères qui reliaient le lieu du crime. La cérémonie de commémoration du 11 novembre 1918 devait avoir lieu aujourd'hui à dix heures place de l'Etoile et une foule de journalistes tentait de passer le périmètre de sécurité.

- Bonjour, capitaine, dit un premier agent. Un vrai bazar cette journée, on n'a pas vu cela depuis la mort de la princesse Diana.

- Ne mélange pas tout mon gars ! On attend des renforts, dit un deuxième. Tout le monde est sur le qui-vive, les gens hurlent déjà à l'attentat ! Des rumeurs courent que tout va être annulé à cause de ce type qui s'est fait descendre.

- Il va quand même falloir leur donner un truc à se mettre sous la dent, on ne va pas pouvoir tous les retenir, répondit le premier homme en déplaçant une barrière.

Emmanuel les encouragea, ils savaient bien que les médias feraient tout pour en savoir plus sur la situation. Il prit congé et se faufila entre-deux scooters qui essayaient coûte que coûte de s'infiltrer dans le périmètre de sécurité.

Les rues annexes étaient désertes, mis à part les chasse-neiges qui étaient en activité depuis plusieurs heures déjà, il n'y avait personne dehors. Le policier grilla les feux les uns après les autres et croisa des éboueurs qui tentaient de terminer leur besogne matinale tant bien que mal. Sans doute le défilé partirait-il avec du retard, mais le commandant lui avait assuré que l'Elysée ne voulait pas annuler cette fête Nationale et qu'il faudrait faire vite pour tout remettre en ordre. Leverick aperçut au loin, à l'autre bout de l'avenue, l'Arc de Triomphe avec son toit enneigé. L'obscurité était en train de faire place à une lumière douce qui s'immisçait avec finesse dans le ciel nuageux. Il allait devoir se garer aux abords du rond-point qui n'avait pas encore été complètement dégagé. Des voitures de police, les camions de la DGSI et de la police scientifique étaient stationnés autour du carrefour, et dans un silence glacé, les gyrophares éclairaient encore. Des hommes et des femmes aux uniformes fluorescents attendaient immobiles près de la route balisée, leur regard rivé vers l'est. Absorbée par le silence pénétrant de la neige, l'esplanade quant à elle était déserte.

- Que font-ils ? se demanda-t-il.

25

Plus il s'approchait, plus Leverick pressentait que cette affaire ne serait pas qu'une partie de plaisir. Son chef le lui avait dit, mais il était loin de s'imaginer ce qui l'attendait. Il cligna des yeux et du bras droit se couvrit le visage. L'aube éclairait l'arche et s'étirait doucement en de longs cils aveuglants. Tandis qu'il roulait jusqu'à atteindre l'Etoile, il nota l'atmosphère singulière qui se dégageait de la scène et finit par comprendre pourquoi ses collaborateurs ne bougeaient pas. Le soleil se levait, cheminait lentement vers le ciel et chose exceptionnelle aujourd'hui, naissait entre les deux piliers de la voûte. Le flic savait que cela n'arrivait qu'une à deux fois l'an, les rayons de l'astre se reflétaient dans les cristaux de neige et encadraient l'arceau triomphant d'un halo de lumière pourpre. La luminosité l'éblouissait au point qu'il se gara et termina sa course à pied. Il marcha dans la neige sur le trottoir et il s'arrêta dès qu'il put observer le rayonnement solaire sans être trop gêné par l'éclat du manteau neigeux.

C'est là qu'il vit le cadavre. Recouvert par des gerbes de fleurs, il gisait sur la tombe du soldat inconnu, juste devant la lueur rougeoyante de la flamme éternelle. Leverick n'arrivait pas à distinguer l'individu dans sa totalité. Ses bras et ses pieds dépassaient à peine des créations florales. Emmanuel avança de quelques pas sur la gauche et s'arrêta stupéfait. L'homme avait été décapité et sa tête fixée vers l'orient, reposait à quelques centimètres de son corps. Dépourvue de force vitale, la victime regardait son âme se consumer lentement dans le feu divin. Des volutes de fumée grise s'échappaient de cet antre sacré et lui ouvraient la voie vers l'aurore céleste.

- Qui diable a fait cela ? s'étonna Emmanuel à haute voix.

Le policier n'eût pas le temps de s'interroger plus longtemps, car une voix l'interpella par derrière. C'était le lieutenant Benjamin Rasteau. Il lui donna une tape amicale dans le dos.

- Alors mon gars, dure fin de semaine ! Que s'est-il passé avec ta sœur ?

Leverick ne releva pas, il n'avait pas envie de discuter. Son collègue avait un appareil photo à la main et semblait surexcité. Il poursuivit :

- Le ministre de l'Intérieur doit nous donner le feu vert, dit-il en lui indiquant une grosse berline noire d'où discutaient accoudés contre les vitres le commissaire Olivieric de la brigade criminelle et Morteau le directeur de la DGSI. Leur commandant, Arthur Mallandre attendait patiemment à proximité.

- Ils discutent sec. Est-ce vraiment si grave ? chuchota Leverick.

- On n'en sait rien, c'est bien le problème. On a juste eu l'autorisation de dégager autour et de tracer une brèche dans la neige pour figer la situation. J'ai pris quelques photos au lever du jour. Heureusement que j'ai toujours une paire de solaires sur moi. C'est incroyable cette lumière !

De l'intérieur du véhicule, une main serra celles des deux autres fonctionnaires. Le commissaire Olivieric appela Mallandre qui s'approcha pour recevoir les ordres. Les fenêtres grises de la voiture officielle se fermèrent et le chauffeur démarra. Arthur Mallandre rejoignit ses hommes afin de leur transmettre les consignes.

Il repéra Leverick qu'il salua d'un hochement de tête :

- Tu vas devoir attendre avant d'aller te coucher, souffla-t-il avec sympathie en lui tapant sur l'épaule.

Leverick était son bras droit, il l'appréciait beaucoup et avait l'âge d'être son père. Il savait qu'il était orphelin et n'ayant pas d'enfant lui-même, il le soutenait toujours dans les moments difficiles, notamment ces derniers mois, car après les attentats du Bataclan, Emmanuel s'était engouffré dans le travail pour oublier sa peine et la perte de sa bien-aimée Clara. Ainsi, Arthur le surveillait de très près, il avait toujours peur d'un faux pas ou d'un geste mal assuré. Leur métier, loin d'être un exutoire, pouvait insidieusement encourager l'esprit de vengeance. Emmanuel devait reconstruire sa vie malgré les contraintes et les horaires des enquêtes, il le fallait. Mallandre l'encourageait à cela.

Les deux hommes se sourirent :

- D'après ce que je vois, je ne suis pas près d'y aller, confia-t-il, soulagé de pouvoir exprimer sa fatigue.

- Je crains bien que nous soyons sur du très lourd. Personne n'a rien vu.

A six heures trente une camionnette s'est garée devant l'Arc de Triomphe et les membres du comité de la Flamme ont cru que c'était le fleuriste qui venait déposer ses gerbes traditionnelles. Le bonhomme vient toujours très tôt le jour des cérémonies, afin de ne pas être embêté par la circulation.

Emmanuel savait que la Flamme de la Nation était ravivée chaque soir par les adhérents de l'association et que ses membres s'occupaient également de l'ornement floral.

- Et ça c'est quoi, montra Leverick ?

A côté du passage dégagé par la police, on remarquait plusieurs marques de pneus qui souillaient la neige en une bouillie crasseuse presque liquide.

- C'est le fleuriste officiel qui a alerté tout le monde à sept heures du matin. Evidemment, il a fichu en l'air une panoplie d'indices en empruntant le même passage que le meurtrier. répondit le commandant.

- Et sous l'arche ?

- La neige n'est pas tombée, il n'y a rien, aucune trace, même pas de sang. Les caméras n'y ont vu que du feu, il a agi en toute discrétion. La dépouille était recouverte d'une grande bâche blanche. Au départ les anciens combattants n'y ont pas fait attention, avec toutes ces roses autour, ils ont cru qu'il fallait les protéger à cause du vent verglacé et de la neige.

- Et la camionnette on l'a retrouvée ? interrogea-t-il.

- Deux rues derrières, une doublette, intervint Rasteau qui s'agrippait toujours à son appareil photo. Copie conforme du fourgon du fleuriste, même gabarit, même plaque. La personne qui a fait cela est certainement repartie en métro, il faudra vérifier les enregistrements vidéo.

Il avait relevé ses lunettes de soleil sur sa tête et lorgnait par-dessus l'épaule de Mallandre qui était plus petit que lui, cherchant d'une certaine manière à se rendre indispensable.

- Bon, d'accord. On a d'autres informations sur ce malfrat ? dit Leverick en regardant le commandant.

Le lieutenant répondit à sa place.

- Pas grand-chose, dit-il. Habillé tout en noir, taille moyenne, plutôt type européen, entre cinquante et soixante ans. Il portait un bonnet de laine, des gants et s'était emmitouflé dans une grande écharpe qui lui cachait la moitié du visage. Il a dit aux membres du comité qu'il avait un début de rhume de cerveau, du coup impossible de décrire sa face, il va falloir gratter un peu plus.

Le commandant s'impatientait, il s'éloigna de Benjamin de quelques centimètres et fit comprendre à ses coéquipiers qu'il était temps d'agir.

- Le ministre fera une déclaration télévisée dans deux heures, juste avant la cérémonie, pour rassurer la population et il veut que nos équipes l'encadrent à ce moment-là, histoire de faire peur aux éventuels terroristes, marmonna-t-il.

Sceptiques, Emmanuel et Benjamin se regardèrent et clignèrent des yeux de stupéfaction.

- Désolé les gars, je ne peux pas vous l'épargner. Son équipe de communication sera censée veiller à ce qu'il n'y ait que lui qui soit filmé en plein cadre. On a peu de temps, tout doit être terminé et nettoyé pour dix heures, c'est le moment d'y aller.

- Le Taulier, qu'est-ce qu'il en pense ? demanda Leverick.

- Le commissaire ? Il pense que jusqu'à preuve du contraire, c'est une affaire pour nous. On laisse les gars de la DGSI faire leur boulot et vérifier s'il y a une atteinte aux valeurs républicaines. A première vue il semble que oui, mais nous allons cibler les recherches sur l'identité de la victime et l'auteur présumé du crime. Rien ne doit être laissé au hasard. On se dépêche et on transfère vite fait le bonhomme à l'institut médico-légal. C'est le procureur qui décidera de la juridiction de l'enquête.

Emmanuel, le teint blanchi par ses heures de veille, s'interrogeait. Qui viendrait profaner la tombe du soldat inconnu, le 11 novembre et de surcroît un jour de neige ? Les nombreux plis violacés sous ses paupières accentuaient son regard noir et laissaient à penser qu'il avait festoyé toute la nuit. Il aurait encore besoin de puiser des forces au fond de lui-

29

même, les prochaines heures promettaient d'être intenses. Le capitaine emboîta les pas du commandant et du lieutenant, bien décidé à mettre la main sur l'auteur du crime qui faucha ce pauvre homme et transforma sa fin de vie en supplice.

III

La journée s'illuminait enfin sur Paris et l'éclairage naturel avait pris le pas sur celui artificiel de la nuit. Les trois policiers empruntèrent le passage balisé pour atteindre le corps de la victime et rejoindre leurs collègues de la police scientifique. Benjamin Rasteau s'approcha du défunt et fit des photographies. Sylvia Lenoir, le médecin légiste, était encadrée par deux assistants de la police scientifique. Ils relevaient délicatement les empreintes du bonhomme en soulevant un à un les doigts gelés et engourdis par ce funeste destin. Alors que l'activité humaine fourmillait autour de lui, Emmanuel observa la scène de crime avec attention. Le seul et unique témoin de ce théâtre machiavélique dormait paisiblement sous la clef de voûte de l'Arc de Triomphe ; mais nul ne pourrait jamais interroger le soldat inconnu, il reposait à jamais dans sa tombe. L'équipe d'investigation passa tout au peigne fin et chercha les précieux indices nécessaires à la poursuite de l'enquête. Les gerbes avaient été déplacées à l'abri près des piliers de l'arc de triomphe, attendant sagement le commencement de la cérémonie officielle et la grande bâche en plastique blanche avait soigneusement été pliée et mise sous scellés, afin d'être analysée au laboratoire. Dans quelques heures, le président de la République Française viendrait rendre hommage aux soldats morts pour la France, entouré des membres du comité de la Flamme. Eux, les policiers, devaient faire vite.

Emmanuel s'attarda d'abord sur le visage mortifié. L'homme devait approcher les soixante-quinze ans. Son faciès crispé soulignait des joues d'une nuance cadavérique, les creux et les plis de sa peau se serraient en d'étroites rides et ses cheveux hérissés avaient saisi l'instant de son agonie mortelle. Son nez démesurément long par rapport au reste de sa figure vieillissante, touchait la lèvre supérieure de sa bouche où résonnait un cri figé par l'effroi et ses grands yeux noirs ensanglantés encadraient cette ouverture béante d'une frayeur exubérante qui se perdait dans l'infini de l'au-delà.

Leverick eut un haut le cœur, il avait l'estomac vide depuis des heures et il éprouvait un certain soulagement de ne pas avoir pris de petit déjeuner. Il détourna le regard quelques instants, à l'évidence, la fatigue le rendait plus vulnérable. La vue du corps lui serait moins désagréable, du moins l'espérait-il. Le vieillard ne mesurait guère plus d'un mètre cinquante-cinq, il était trapu et de corpulence moyenne. Il portait une veste kaki, boutonnée de bas en haut, qui lui était trop grande et lui couvrait les hanches. A la base du cou, le sang avait coagulé, l'encolure de la veste était propre ce qui supposait qu'on avait exécuté la sentence avant de lui enfiler l'habit. Un frisson parcourut le lieutenant ; bon Dieu, tout cela était franchement sinistre ! Accablé par tous les événements qu'il vivait depuis trois jours, il sentait le sommeil le gagner. Les nuages de fumée grise qui s'échappaient du flambeau de la tombe du soldat inconnu l'hypnotisaient et l'enveloppaient d'une fièvre ardente. Il s'assoupissait lentement. Son regard s'embuait, ses orifices oculaires s'enfonçaient dans une pénombre brûlante, il se sentait affaibli, sa nuque était lourde, il se courba et laissa choir sa chevelure noire et épaisse.

Sylvia l'interpella en premier :

- Allez Leverick, un peu de zèle !

Le flic ne savait plus très bien si ce qu'il voyait était exagéré par son épuisement ou si réellement le climat ambiant l'accablait. Il se frotta les paupières et écarquilla ses yeux avec effort. Arthur, qui se tenait à ses côtés, claqua bruyamment de la langue en même temps qu'il éteignait son téléphone portable. Il leur dit en élevant la voix :

- On ne connaît pas encore son identité. Il n'y a pas eu de porté disparu pour le moment.

Emmanuel se redressa, s'étira et bailla bruyamment. Quelle galère ! Il était épuisé, ses sens le rappelaient à l'ordre et lui sommaient d'aller dormir, mais il devait combattre l'impertinence de sa nature humaine. Le surmenage commençait sérieusement à lui jouer des tours et il sentait qu'il perdait de sa vigilance, il n'avait pas dormi depuis trente-six heures. Il demanda à Sylvia :

- C'est une veste provenant d'un uniforme ?
- Oui, les boutons indiquent qu'il s'agit d'un blazer d'apparat de la Royal Army Ordonnance Corps, précisa-t-elle.
- Un vêtement militaire provenant de l'armée britannique et datant plutôt de la deuxième guerre, c'est très curieux, s'étonna leur chef en caressant sa barbe fine et grise. Leverick, tu ferais bien de regarder là-dessous, pendant que je vais te chercher un café. Ça devrait t'aider à sortir de ta somnolence.
- Volontiers, un carburant bien sucré devrait relancer la machine.

Arthur acquiesça d'un clignement d'œil avant de regarder Benjamin. Celui-ci jouait encore au photographe amateur et le commandant en avait plus qu'assez qu'il gesticule autour d'eux. Il le pointa du doigt :

- Rasteau, tu m'accompagnes, il faudrait encore éclaircir certains aspects avec les représentants du comité et tu en profiteras pour faire une petite enquête de voisinage ; c'est possible que l'on trouve quelques badauds qui traînaient dans le coin pour nettoyer leur pare-brise enneigé.

Le lieutenant, alangui par le froid, rangea son appareil dans la sacoche qui se balançait autour de son cou. Il attrapa ses lunettes noires, elles étaient mouillées et il les balaya rapidement d'un revers de main avant de les fourrer maladroitement dans une poche de son manteau. Il suivit son supérieur de très près comme il en avait l'habitude au grand désespoir de celui-ci. Ils parvinrent jusqu'à la voiture de fonction de Mallandre, où se trouvait comme à l'accoutumée une thermos de café fumante. Cependant, Rasteau s'éloigna plutôt heureux de pouvoir enfin servir à quelque-chose de plus utile.

Emmanuel enfila une paire de gants en latex et une combinaison blanche pour tenter de retrouver un peu de sens pratique. Il s'accroupit aux côtés du médecin légiste. Sylvia était une grande femme très brune et pour l'occasion elle avait quitté ses escarpins pour une paire de boots fourrés.

- A toi l'honneur, lui dit-elle. Fais attention en le déshabillant, je vais avoir besoin de faire quelques prélèvements avant de l'emmener au labo. J'ai de nouveaux gadgets à essayer.

Sylvia sortit sept fines aiguilles d'une valisette noire. Chaque aiguille, contenue dans un tube à essai, était très fine et mesurait une quinzaine de centimètres :

- Je t'expliquerai plus tard, mais je suis en train de mettre au point une nouvelle technique d'analyses et j'ai besoin d'agir sur le lieu du crime tant que les neuropeptides sont encore visibles dans les cellules.

Emmanuel ne savait pas très bien ce qu'elle entendait par neuropeptide. Il avait vaguement compris lors de leur dernière discussion que la jeune femme s'intéressait aux mémoires cellulaires et que les avancées dans ce domaine promettaient d'être fameuses pour la police scientifique. Il se mit en quête d'indices, il aimait procéder à un examen minutieux des cadavres. Comme chaque fois, il commença par les chevilles puis remonta le long des jambes. Il entreprit cette tâche comme s'il convoitait le corps d'une femme en l'effleurant par de douces pressions. Il arrêta sa course lente lorsqu'il eut atteint le bassin. S'imprégnant de chaque détail, il voulait garder en mémoire cette rencontre kinesthésique dans l'espoir de nourrir son intuition. Il n'y avait rien dans le pantalon, rien dans les poches, ni papiers, ni objets. Il poursuivit et palpa ainsi le buste jusqu'aux épaules et le long des bras.

Sylvia le regardait faire avec attention :

- Bon, déboutonne-le maintenant, mais fais attention, on ne sait jamais, dit-elle.

Avec prudence, Emmanuel effectua une légère pression sur le tissu épais puis fit glisser chaque bouton avec pouce et index. Il souleva délicatement les rebords de la tenue et l'ouvrit sur les côtés du corps inerte.

L'homme avait du sang répandu sur le maillot. Mais le sang ne provenait pas de sa gorge lacérée, il s'étendait en arc de cercle sur la poitrine et le vêtement découpé faisait apparaître en son centre une rose rouge écarlate aux pétales déployés. Le vieillard avait été poignardé sous la ceinture scapulaire, transperçant ses côtes, un trou avait été creusé à l'emplacement du cœur et la fleur avait été déposée dans la cavité.

- Merde, manquait plus que ça ! lança Emmanuel.

Ils en avaient le souffle coupé et se regardèrent avec incrédulité. Arthur qui revenait avec la thermos à la main, examina la scène avec désarroi :

- C'est inouï ! cria-t-il en se touchant le front.

- Dépêchez-vous de terminer, hurla-t-il à son équipe, il faut vite pratiquer l'autopsie.

Emmanuel se leva rapidement pour laisser place à sa partenaire.

- Docteur, à vous de jouer maintenant, dit Emmanuel.

- Fais gaffe de pas l'abîmer plus qu'il n'est ! s'indigna le commandant qui craignait toujours que les équipes perdent des éléments précieux nécessaires à l'enquête. On n'a déjà pas beaucoup de temps, je n'ai pas envie d'essuyer des dégâts supplémentaires.

Ils observèrent Sylvia qui sortait une à une ses longues aiguilles. Elle les planta dans le corps étendu et les enfonça suffisamment profondément pour atteindre chaque organe. Elle agissait comme un acupuncteur et effectuait une petite rotation avec son index une fois l'objet enfoncé dans la chair. Quinze minutes plus tard, la tâche terminée, Sylvia, admirative de son travail, s'exclama dans un large sourire de satisfaction :

- Bon, avec cela on en saura plus sur lui.

Elle cligna des yeux et poursuivit.

- Si j'étais vous, je relirais certaines littératures classiques. Toute cette neige, ce sang et ce cœur disparu, ça m'évoque étrangement l'univers des contes de fée, notamment celui de Blanche-neige, version gothique bien sûr. Cela pourrait être l'œuvre d'une femme, qu'en pensez-vous ?

Sceptiques quant à cette réflexion saugrenue et à ses méthodes farfelues, Leverick et Mallandre haussèrent simplement les épaules. Le médecin légiste ferma sa mallette noire et demanda à ses deux assistants de terminer le travail. Elle avait déjà suffisamment d'éléments à analyser au laboratoire.

- On se retrouve lundi matin à huit heures trente, dit-elle les lèvres pincées. Ne vous en faites pas, vous aurez droit à un rapport détaillé traditionnel.

Sylvia était vexée, piquée dans son orgueil, elle leur tourna le dos avec élégance pour rejoindre son véhicule. Quelques minutes plus tard, le corps de la victime était soulevé par deux policiers et transporté dans une civière. Quant à sa tête, ils la déposèrent dans un caisson hermétique en attendant qu'elle soit repositionnée sur le tronc à l'institut médico-légal.

IV

Emmanuel reprit du service après une journée de repos bien mérité ; toutefois son sommeil avait été altéré par une saccade de cauchemars. Il était à bout. Il s'était trop agité pendant la nuit qui venait de s'écouler et il s'était réveillé lui-même parce qu'il hurlait. « Clara ! Je t'ai perdue Clara ! »
Il avait ensuite pleuré en déversant sur son oreiller toute sa tristesse enfouie. Il avait refusé de prendre des psychotropes, malgré les conseils avisés qu'on avait pu lui donner ici ou là. Leverick savait qu'il fallait au moins deux ans pour faire son deuil et que la douleur était un passage obligé. Hélas, il aimerait Clara toute sa vie et là, il pleurait encore.
Grâce au vigile, le 13 novembre 2015, ils avaient réussi à sortir du Bataclan quand le concert, interrompu par les veilleurs du diable, avait inopinément changé le cours du chemin de centaines de personnes. Clara avait reçu une balle en pleine cuisse, elle était mal placée, atteignant une artère, elle n'avait pas eu la chance de s'en sortir comme lui. Elle avait perdu trop de sang et trop vite. Sur le trottoir, jusqu'au bout, il lui avait tenu la main et jusqu'au bout, il lui avait dit qu'il l'aimait et qu'il n'aimerait personne d'autre. Dans un dernier souffle, elle lui avait murmuré que l'amour était infini et qu'il devait refaire sa vie. Aujourd'hui, il ne savait plus très bien ce qu'étaient, ni la passion, ni l'attachement. En journée il était toujours lucide, quoique depuis un certain temps, il se trouvât plus en colère qu'à l'accoutumée car en dormant, il revivait ses angoisses. Chaque matin, cependant, il les effaçait de sa mémoire en avançant la tête froide et le cœur fermé ; alors, il se sentait plus fort pour accomplir ses tâches quotidiennes. Il oubliait sa peine et prenait la route d'une existence monocorde.
Emmanuel commença ainsi ce jour, désencombré de son chagrin, en amenant la mini rouge au garage. Satisfait une fois la tâche accomplie, il regarda sa montre. Huit heures quinze. Il

n'avait pas le temps de retourner à son domicile pour chercher sa moto. Le lieutenant marcha jusqu'au métro de la porte de Clichy et emprunta la ligne du RER pour se rendre Quai de la Rapée. Assis sur un siège en velours orange, il eut alors le temps de se rappeler les évènements du week-end.

Le samedi précédent en milieu de matinée, lorsque la dépouille de la victime de l'Arc de Triomphe avait été conduite à la morgue par les autorités, bon gré mal gré, il avait assisté à la commémoration du onze novembre. La police scientifique avait déposé des marquages au sol avec discrétion pour ne pas perturber la cérémonie et les caméras évitèrent sur ordre du préfet de filmer le monument de trop près. Au loin, derrière les barrières de sécurité, la peur se lisait sur les visages de tous les civils qui assistaient à la célébration. Ils s'étaient rassemblés nombreux autour du rond-point de l'Etoile, brandissant drapeaux et symboles de paix. Le regard énigmatique, ces spectateurs se demandaient si une menace terrible n'allait pas encore une fois outrager la quiétude paisible de leur nation. Les attentats traversaient l'Europe et avaient transformé l'âme des hommes et des femmes. Ils vivaient chaque instant avec bonheur car ils n'ignoraient plus que la Liberté était un combat à gagner au quotidien. La souffrance des anciennes générations était gravée pour toujours dans leurs mémoires. Ils n'accepteraient jamais de la perdre à nouveau. Soulagé qu'aucun autre incident ne survienne après ce début de journée hors du commun, Mallandre congédia le capitaine de ses obligations vers midi, dès qu'ils reçurent l'ordre de fermer le monument au public et il ne se fit pas fait prier.

Gare d'Austerlitz, Emmanuel termina à pied son trajet jusqu'à l'institut médico-légal. C'est d'un pas assuré qu'il entra dans le grand bâtiment en briques rouges, où ils avaient rendez-vous avec le médecin légiste. Il était neuf heures, il avait donc déjà trente minutes de retard et pourtant sur le parking, il n'y avait pas la voiture du commandant. Leverick était arrivé le premier. Il marcha le long d'un sinistre couloir blanc avant de passer son badge devant l'ascenseur pour monter au premier étage.

Sylvia Lenoir attendait depuis un moment et tapait du talon sous son siège. Elle tourna la tête et l'embrasa de ses yeux noirs lorsqu'il franchit la porte battante de son bureau. Evitant son regard, le policier déposa avec nonchalance une boîte de pâtisseries à côté d'elle. Il venait de les acheter dans une boulangerie à la sortie de la gare. Elle raffolait des Paris-Brest et il en apportait à chaque fois qu'il venait la voir au laboratoire. Un silence amer s'installa entre eux malgré cette attention délicate et parfuma l'atmosphère d'une tension palpable quand il s'installa debout face à elle. Elle pivota sur sa chaise, faisant mine de terminer ses notes.

La veille, elle l'avait appelé et il avait encore essuyé poliment une de ces invitations galantes. Cette fois, il aurait presque pu prétendre à la vérité. Il lui avait affirmé être obligé de passer rendre visite à son neveu à la maternité, alors que finalement il avait lézardé une majeure partie de sa journée devant le téléviseur. Peu enclin à l'agitation primitive et grotesque qui émulait les jeunes parents, Emmanuel s'était éclipsé en réalité une heure après son arrivée à la clinique, impatient de récupérer sa moto dans le parking souterrain de sa sœur.

A l'approche de la fleur de l'âge, Sylvia aurait aimé qu'il prenne soin d'elle, mais Leverick ne voulait plus s'engager dans une relation à long terme. Il avait ce charme fou qui d'un regard électrisait les femmes et les transportait nues dans un lit défait. Le bel homme ne restait jamais insensible lorsque l'une d'elle le séduisait et Sylvia avait tout pour lui plaire. Ses longs cheveux attachés en demi-queue lui descendaient jusqu'au milieu du dos, et sa silhouette aux courbes généreuses se prolongeait par des stilettos rouges. Les jeunes abeilles qui butinaient son essaim n'étaient plus que de passage et Emmanuel se satisfaisait de cette frivolité fugace et instable qui ne lui demandait aucun effort. Par respect pour Sylvia, il resta muet au sujet de leur allocution de la veille et se garda bien de fanfaronner.

Toujours de dos, elle soupira avant d'engager la conversation :
- Comment va Sarah ?

- D'après ce que j'ai vu, elle est heureuse. Le petit s'appelle Nicolo.

- Oh, certainement que cela ne va pas durer. La dépression post-partum guette toutes les femmes. Les joies de la maternité sont parfois éphémères, dit-elle en se caressant le ventre. Sylvia était divorcée et avait eu un fils de cette première union, aujourd'hui il avait douze ans.

- Hier, elle s'inquiétait déjà car elle n'arrivait pas à le mettre au sein, continua Leverick d'un ton neutre.

- J'ai moi-même vaguement essayé autrefois. Ça aussi, ça devrait lui passer, c'est épuisant, murmura-t-elle en soufflant.

Illustrant ses rêveries maternelles de gestes doux, la femme médecin se leva finalement de sa chaise.

- Bon, viens avec moi, nous avons un beau spécimen hors du commun et il n'est pas tout jeune.

Leverick jeta son manteau sur un tabouret et s'habilla de la blouse verte réglementaire. Il suivit Lenoir jusqu'à la salle mortuaire. Elle ouvrit l'accès avec sa carte. C'était sombre, mais assez spacieux pour autopsier plusieurs individus en même temps. Les meubles froids et rectilignes confortaient l'espace dans une ambiance austère et des casiers en métal rigide ornaient les flancs de la pièce. De grandes vitres surplombaient les murs ; le temps était maussade et il s'était mis à pleuvoir. La pluie battait fortement sur les vitrages et la neige, qui avait complétement fondu en vingt-quatre heures, avait laissé place aux averses glaciales de la saison automnale.

Sylvia appuya sur un interrupteur et les lampes halogènes irradièrent la surface miroitante des cloisons carrelées. Cette luminosité soudaine les éblouit fortement et ils mirent quelques secondes avant de s'y habituer. Trois cadavres dansaient autour d'eux, ils s'avancèrent à leur hauteur. Il y avait la jeune fille du quartier de Barbès avec son bébé. Immobiles, ces deux êtres cherchaient à s'aimer avec la douceur âcre d'une innocence dévastée par la drogue. La jeune mère avait rêvé de vivre des instants uniques avec son fils, pourtant, perdue dans sa conscience, elle n'avait su que transporter leurs âmes dans des cieux éternels, là où seuls les oiseaux volaient.

Emmanuel avança et reconnu sa victime ; il était nu, sa peau se teintait d'un léger aspect jaunâtre et un linceul le recouvrait jusqu'au nombril. Sylvia avait replacé la tête à proximité du cou et avait enlevé la fleur rouge et flétrie qui ornait son buste. Désormais, on ne voyait plus sur son torse que quelques traces de sang séché. Elle approcha une lampe près du visage. Une onde de lumière violente éclaira la face vieillissante et rigide. Les joues du cadavre étaient creuses et laissaient encore résonner son cri dans le vide. L'écho muet murmurait l'histoire invraisemblable de ce vieil homme qui avait été décapité et transformé en un phénomène de foire un dimanche onze novembre sur la place de l'Etoile.

- Tu as du nouveau ? demanda Sylvia.

- L'enquête de voisinage n'a pas donné grand-chose. Benjamin a récolté peu d'informations. Les rares passants levés à cette heure matinale n'ont pas coutume de faire du tourisme, ils s'empressent de rejoindre leur lieu de travail et c'était déjà assez déprimant pour eux de se lever un jour où personne ne le fait, sans avoir à dénicher les cadavres qui traînent dans le quartier. Il a finalement essayé de soutirer quelques informations supplémentaires auprès des deux membres du comité de la Flamme, mais ils étaient encore sous le choc et pas du tout d'accord sur la version des faits.

- C'est-à-dire, dit-elle en se mordant la lèvre supérieure ?

- L'un d'eux est sûr d'avoir entendu un accent anglais très léger chez le fleuriste, mais l'autre soutient la thèse du nez encombré par le rhume de cerveau.

- Et toi, qu'en penses-tu ?

- Difficile à dire pour le moment. Ces messieurs ne sont malheureusement plus de première jeunesse et même s'ils se tenaient encore bien droits avec dignité, ils n'ont certainement plus autant d'acuité qu'autrefois. L'auteur présumé du crime a abusé de leur faiblesse. Il a commencé par vanter les mérites des victoires françaises sur l'ennemi, chacun de leur père et grand-père ayant servi la France, il leur a dit que c'était tout à fait admirable, qu'ils honorent la mémoire de leurs ancêtres.

Après cela, comme ils avaient extrêmement froid, il leur a gentiment proposé de se réchauffer dans un café proche avec un bon grog pendant qu'il terminait d'installer les gerbes.

- C'est donc pour cela qu'il n'y a pas de témoin oculaire.
- Exact. Les pauvres, ils n'y ont vu que du feu.
- Et au sujet de l'identité de la victime ? poursuivit Sylvia.
- Je ne sais pas. Le commandant nous apportera peut-être des nouvelles à ce sujet.

Narquoise, elle lui sourit.

- Ne t'inquiète pas, je vais pouvoir t'aiguiller déjà un peu sur le sujet. Hier, pendant que tu pouponnais, j'ai pas mal avancé sur l'autopsie.

Leverick la regarda. Il comprit que les cernes qui voilaient le regard du médecin étaient le fait de longues nuits de travail qu'elle s'était accordée pour, supposa-t-il, noyer le chagrin de sa solitude. Impassible, elle poursuivit cependant, soucieuse de lui apporter la lueur de ses éclaircissements scientifiques.

- Il a fait une crise cardiaque due à l'ingestion de cyanure. Il y avait des traces du poison dans tout son organisme. Ça devait faire un moment qu'il en consommait.
- Comment peux-tu être sûre de cela ? interrogea Leverick.
- Je t'expliquerai mes méthodes par la suite, répondit-elle avec malice.

Le capitaine avait toujours des difficultés à conceptualiser les autopsies et elle s'en réjouissait à chaque fois, car elle adorait prendre le pouvoir sur lui, ne serait-ce qu'un instant. Dans le cas présent, il n'arrivait pas à comprendre comment il était possible de trouver cette cause de décès, car en l'occurrence le vieillard n'avait pas de cœur.

- Il est donc mort d'une crise cardiaque et seulement ensuite il aurait été décapité, s'étonna-le capitaine.
- C'est exact. Il a fait un arrêt. Reste à voir si l'auteur présumé du crime est également le commanditaire du crime.

Leverick était perplexe.

- Si ce n'est pas le cas, c'est mauvais pour nous. Dès que l'on saura qui il est, la DGSI viendra nous prendre l'affaire pour atteinte aux symboles de l'état, on ne pourra pas faire grand-chose de plus.

- Si j'étais toi, je me dépêcherais de l'apprendre pour avoir un peu d'avance sur eux, sinon tu vas te limiter à une inculpation pour meurtre prémédité par empoisonnement.

Le capitaine fit une moue approbatrice, il n'avait pas du tout envie de terminer l'enquête dans la rubrique des chiens écrasés. Sylvia éteignit la lampe et le rassura.

- Ne t'inquiète pas, j'ai encore autre chose à te mettre sous la dent. J'ai fait d'autres analyses, je te montre.

La quadragénaire s'approcha de la paillasse où se trouvaient un ordinateur portable, des tubes à essai et la valisette qu'elle transportait l'avant-veille.

- J'ai analysé la présence du taux de neuropeptides encore présents dans ses organes quelques heures après sa mort. Il est important de pratiquer ces manipulations rapidement tant que le souffle de vie respire encore à l'intérieur des cellules et avant qu'elles ne se dégradent. C'est pour cela que je peux t'affirmer qu'il a eu une attaque. Interloqué, le policier la laissa prolonger son discours.

- Chaque cellule du corps contient des récepteurs similaires à des trous de serrure, où circulent les molécules messagères. Lorsque tu ressens une émotion, le cerveau envoie l'information à ton organisme par l'intermédiaire des neurotransmetteurs. Les neuropeptides s'accrochent alors sur la membrane de tes cellules et fixent la mémoire de tes pensées et de tes humeurs. Les neurotransmetteurs effectuent un trajet précis dans le corps qui correspond à un flux énergétique tel qu'il est enseigné dans la médecine chinoise. J'utilise des aiguilles similaires à celles utilisées en acupuncture pour faire mes prélèvements.

- J'ai du mal à croire que tes substances chimiques capricieuses permettent d'en savoir autant sur lui.

- Je te demande de me faire confiance, c'est tout.

Sylvia alluma l'écran en face d'elle, au bout de quelques secondes l'on vit apparaître plusieurs fenêtres où

43

s'enchaînaient l'ADN de la victime et les multiples acides aminés qui le composaient.

- Regarde, dit-elle en pointant l'écran. Ce monsieur avait une forte concentration de neuropeptides et de neurotransmetteurs dans la majorité des artères et des cellules avoisinant le cœur et le système vasculaire.

Emmanuel acquiesça.

- Il n'avait pas la joie de vivre non plus, il avait un taux anormalement faible de sérotonine et de dopamine, notamment dans le foie et les poumons. D'après mes calculs, un évènement marquant a frappé sa vie il y a trente ans. Entraîné par ses émotions négatives, il a sombré progressivement dans la dépression.

- Tu penses au suicide, il se serait volontairement empoisonné ?

- Peut-être. L'enquête le dira. En tout cas, il n'aurait pas fait de vieux os. Il avait aussi un cancer des poumons et je lui aurais donné à peine quelques mois, continua-t-elle.

- Sa mémoire cellulaire était marquée à jamais par cet événement si je te suis bien et même si cela ne l'a pas poussé au suicide, son cancer était le résultat de toute sa tristesse accumulée depuis tant d'années.

- Tout à fait, mais je te ferai un rapport d'autopsie traditionnel, tu gardes cela pour toi. Sommes-nous d'accord ?

- On est d'accord. C'est curieux, j'ai le sentiment qu'il avait quelque chose à cacher. Qu'est-ce qui peut mettre un homme au placard ? Un abandon, la perte d'un être cher ?

Sylvia fit légèrement la moue

- A toi de jouer maintenant. C'est tout ce que je peux faire pour toi et merci pour les Paris-Brest. Si tu veux, comme le commandant à du retard, on peut retourner dans mon bureau pour commencer à les déguster, glissa-t-elle timidement en lui attrapant le bras.

A cet instant, ils entendirent un grincement de porte et stoppèrent leur conversation. Légèrement confuse, Sylvia cacha ses deux mains derrière elle. Mallandre, un journal

44

dégoulinant à la main et la mine réjouie, était mouillé des pieds à la tête et ses mocassins baignaient dans la boue. Une averse fulgurante se déversait depuis quelques minutes sur la toiture, mais occupés dans leur analyse, les deux collègues n'y avaient pas prêté attention. Sylvia, soucieuse du respect des règles d'hygiène, lui fit signe de ne pas avancer plus loin, mais le commandant s'enflamma :

- Vous ne me croirez jamais ! On a reçu un coup de fil ce matin, notre victime s'appelle Lucien Landroze et il est curé !

V

Lorsque le père Joseph ouvrit la porte du presbytère, ses yeux plissés observèrent les policiers avec attention. Il n'était pas surpris de les voir, on l'avait prévenu de cette visite. Le commandant Mallandre et le capitaine Leverick se tenaient debout sous le porche, trempés jusqu'à la moelle. La pluie glacée n'avait toujours pas cessé de battre en trombe et c'est en grande hâte qu'ils se pressèrent pour entrer dans le hall. Le prêtre les accueillit chaleureusement et sans prétention. Chauve, son crâne lisse scintillait de la lueur angélique que lui valaient ses attributions cléricales. Il les emmena dans son bureau, juste à droite de l'entrée, là où précisément il faisait son courrier et c'est avec une lenteur toute contenue qu'il attrapa ses petites lunettes rondes, posées sur le journal qu'il consultait juste avant leur arrivée. C'est seulement à ce moment précis, lorsque sa monture s'emboîta de part et d'autre de son nez, que l'homme d'origine vietnamienne engagea la conversation :

- Lucien était un ami de longue date et j'espère pouvoir vous apporter quelques éclaircissements, dit-il avec humilité en portant ses doigts vers son visage subtilement émacié.
Il marqua une pause. Ses mains touchèrent un instant ses lèvres qui tremblaient et tout en s'asseyant, il plongea dans un profond désarroi :

- Depuis quelques semaines, il se rendait à la basilique de Saint-Denis le vendredi où il organisait des visites guidées. Il toussait beaucoup ces derniers jours et ne semblait pas dans son assiette lorsqu'il est parti le matin. J'ai tout de suite senti que quelque chose ne tournait pas rond, mais je n'imaginais pas une telle abomination. J'aurais dû vous appeler plus tôt, je suis vraiment navré de cette situation. Le weekend, les offices m'accaparent toute la journée et je ne regarde pas la télévision. En plus, avec toute cette neige qui est tombée, j'ai passé une grande partie du samedi à nettoyer la cour et les entrées du presbytère. Lors de la messe de dimanche, certains fidèles de la paroisse se sont inquiétés de l'absence de Lucien. En recoupant les faits, nous avons conclu que la victime du meurtre de l'Arc de Triomphe, c'était peut-être lui. Les photographies diffusées dans la presse et sur les réseaux sociaux étaient peu convaincantes, mais la description physique de la police correspondait bien à son portrait.

- Ne vous tracassez pas, mon père, répondit le commandant Mallandre en hochant la tête avec sollicitude, personne n'est responsable du destin d'autrui.

Il s'approcha du siège où l'homme éprouvé s'était installé et lui tapota amicalement l'épaule. Le père Joseph essuya une larme qui perlait au coin de sa paupière ; il esquissa un bref sourire de remerciement.

- Lucien avait parfois de drôles de lubies, poursuivit-il en retrouvant son calme, alors j'ai préféré attendre le lendemain pour avertir les autorités, mais d'ordinaire, lorsqu'il avait envie d'aller se promener sans prévenir, il partait toujours avec sa voiture.

- Le père Joseph a d'abord déposé une main courante au commissariat samedi, souligna le commandant en regardant Leverick. Puis ce matin, il y est retourné pour confirmer ses soupçons.

- J'ai cru comprendre que vous aviez retrouvé sa voiture ? interrogea le lieutenant.

- Oui c'est bien ça. Vendredi, Lucien était censé être de retour au presbytère en début de soirée. A vingt-heures, ne le voyant toujours pas arriver, je suis parti par la ligne treize du métro, direction Saint-Denis. Vous savez, il n'a jamais voulu avoir de téléphone et je n'avais aucun moyen de le joindre. Quand je suis arrivé, sa Renault cinq attendait devant le parvis de la Basilique.

- Vous aviez les clefs du véhicule ? demanda-t-il.

- Non, mais Lucien avait cette manie provinciale de les laisser dans la boîte à gants.

- Vous êtes rentré à l'intérieur avant de prendre le volant ? intervint Mallandre.

- Oui, toutes les portes étaient encore ouvertes et les projecteurs éclairaient encore les gisants. A ce moment-là, j'ai commencé sérieusement à m'inquiéter, car je ne l'ai trouvé nulle part.

- Etes-vous bien sûr qu'il n'y avait personne ? Il n'y avait rien qui puisse paraître anormal ? continua Leverick. Pas de traces de quelconques violences ou des affaires personnelles qui traînaient ?

- Non, rien de tout cela. Tout était en ordre, j'ai éteint toutes les lumières, j'ai fermé le portail principal et ensuite je suis rentré avec sa voiture.

- Où se trouve-t-elle maintenant ?

- Je l'ai garée dans la cour du presbytère, nous pourrons y aller tout à l'heure si vous le souhaitez.

Leverick croisa le regard de Mallandre qui acquiesça :

- Le lieutenant Rasteau doit arriver dans peu de temps, il vous conduira à l'institut médico-légal afin que vous puissiez identifier le corps, mais en attendant nous allons commencer une petite visite de l'appartement, suggéra-t-il. Si Lucien est bien la personne que nous cherchons à identifier, nous devrons perquisitionner les lieux.

- Bien, je vous y conduis tout de suite.

L'ecclésiastique engagea la marche et sortit du bureau, suivi des deux policiers. Les trois hommes longèrent un corridor au carrelage émaillé de mosaïques et accédèrent à l'étage en empruntant l'escalier en chêne. Les marches, vieilles et grinçantes, diffusaient une odeur poussiéreuse de cire d'abeille dès que l'on y posait le pied et Leverick, sensible à cette odeur, s'y accrocha l'espace d'une minute. Elle diffusait le calme et la candeur tels que l'on peut les trouver dans les lieux consacrés au culte et au recueillement. Il aimait cette sensation d'apaisement qui l'envahissait à chaque fois dans ces endroits. Il arriva le dernier à l'étage. Mallandre échangeait déjà avec le père Joseph sur les formalités d'usages et les précautions à prendre lors des perquisitions de police. Sur le palier il y avait quatre portes peintes en gris, chacune d'elles surplombée d'une croix. Seules celles situées sur les flancs opposés comportaient une serrure et une sonnette. Les deux autres portes desservaient des salles de travail où s'organisaient les réunions de la communauté paroissiale. Les murs du couloir étaient tapissés de photographies. Leverick s'attarda sur l'une d'elles. On y voyait le père Joseph et un autre homme, également de petite taille, en habit de cérémonie. Ils avaient tous les deux la soixantaine passée. Emmanuel reconnut dans l'image joyeuse du second personnage les traits du visage agonisant qu'ils avaient découvert sur la place de l'Etoile.

Le père Joseph remarqua son intérêt pour ce portrait :

- C'était au mois de mai dernier, lors de la célébration qui l'ordonna diacre.

- Il n'était donc pas curé, questionna Leverick ?

- Non, les diacres ne reçoivent que le premier sacrement de l'ordre car ces hommes sont mariés dans la majorité des cas et ils ne peuvent prétendre aux vœux cléricaux. Le diacre est une personne qui assiste le dirigeant d'une église chrétienne et il ne peut être responsable de toutes les activités de l'église.

- Pouvez-vous me rappeler son nom ?

- Il s'appelait Landroze. Il était originaire d'une petite ville des Hauts de France, plus précisément, à l'époque, du Pas-De-Calais, mais il vivait à Paris depuis presque quarante ans.

- Lucien Landroze avait donc une femme ?

- Hélas, son épouse n'est plus de ce monde. Elle est morte dans un incendie il y a trente ans. Après son décès, il a connu une terrible descente aux enfers, il a vécu de nombreuses années d'égarements avant de se tourner vers Dieu.

- Avait-il des enfants, des frères ou des sœurs ?

Le prêtre fronça les sourcils et les plis de ses rides s'accentuèrent.

- Oui, un frère, mais il n'en parlait pas beaucoup, prononça-t-il rapidement.

Il sortit un trousseau de sa poche, ce qui lui évita d'approfondir sa réponse, et se dirigea vers la porte du fond.

- Nous y sommes. Lucien habitait dans l'aile ouest du presbytère, sa chambre donne sur la route tandis que la mienne est située de l'autre côté, vers la cour.

Il tenait de sa main droite les clefs qui brinquebalaient en tournoyant autour d'une petite Tour Eiffel scintillante. Il saisit l'une d'elles de son autre main et ouvrit l'appartement. La pièce faisait environ vingt-cinq mètres carrés, les rideaux étaient tirés et lorsqu'ils entrèrent, les policiers furent surpris par l'odeur de paille séchée qui y régnait.

- Je suis navré, Rose-Marie, la perruche de Lucien est morte hier et je n'ai pas encore pris le temps de nettoyer sa cage, dit le père Joseph. J'ai du mal à comprendre ce qui lui est arrivé, elle a certainement senti le départ de son maître et l'a rejoint près du Seigneur.

- C'est curieux en effet, vous avez bien fait de ne pas intervenir, nous allons regarder cela de plus près, répondit Mallandre.

Il se protégea les narines avec son bras et fit un signe à Leverick. Le lieutenant enclencha l'interrupteur qui se trouvait près de lui. L'éclairage n'était guère suffisant et mal à l'aise, il ouvrit les rideaux puis les fenêtres, afin qu'un air plus respirable leur parvienne. A l'extérieur, la pluie s'était arrêtée et on entendait le sifflement des sirènes des pompiers. Elles hurlaient ; les camions sortaient de la caserne qui se trouvait à quelques pâtés de maisons et éclaboussaient les passants qui se trouvaient sur leur chemin. Les pompiers allaient porter secours encore une fois. Emmanuel se détourna de la rue. Il fut surpris par la décoration atypique où les icônes religieuses côtoyaient des animaux empaillés. Le mobilier datait des années cinquante et une tonne de livres poussiéreux s'amassaient sur des étagères de fortunes. Une vieille toile tendue décorée de feuilles exotiques tapissait le mur du fond et une vierge en bronze, blottie dans le coin gauche à côté du lit, termina de le fasciner.

- Il l'aimait beaucoup, dit le père Joseph, c'est un souvenir rapporté d'un pèlerinage à Bethléem.

Près de la kitchenette, à droite de la porte d'entrée, Emmanuel aperçut la cage de l'oiseau. Il s'approcha en prenant soin de se couvrir le nez. Rose-Marie gisait inerte sur le côté gauche, bec ouvert et ailes déployées. Sa parure n'était plus très chatoyante, seules quelques plumes bleues parsemaient ici et là l'animal grisonnant. Elle n'était plus de première jeunesse, ses pattes raides pelaient et une fine couche de squames transparentes se dispersait autour d'elle.

- Vendredi, elle a eu un comportement très étrange. Elle a hurlé une bonne partie de la journée, bien après que Lucien soit parti et je n'ai pas réussi à la calmer. C'était une conure veuve et elle était apprivoisée. Elle appartenait à la femme de Lucien, il y tenait énormément. Il lui apprenait des tours et autrefois, sa compagne avait même réussi à lui enseigner des rudiments de langage.

- Comme quoi par exemple ? demanda-t-il.

- Elle savait prononcer les noms de ses maîtres et quelques formules simples de politesse.

- Vous dites que vendredi, elle n'était pas dans son état normal. Est-ce qu'elle a dit quelque chose en particulier ?

- C'est vrai que plusieurs fois, je l'ai entendu jacasser une expression étrange, dont j'ai des difficultés à me rappeler, réfléchit-il. Le reste du temps ses cris étaient puissants mais aussi stridents que d'habitude.

- En attendant que vos souvenirs vous reviennent, pourriez-vous nous raconter ce que vous savez précisément sur la vie de Lucien ? interrogea Mallandre qui s'impatientait.

- Je ne sais pas grand-chose de plus que vous ne connaissiez déjà, nous étions très proches, pourtant il me parlait peu de sa vie passée. Lorsque je l'ai connu, il y a dix ans, il vivait dans sa Renault cinq avec Rose-Marie. Il n'avait pas de domicile fixe et vivotait en proposant ses services de guide et de taxi aux touristes de passage à Paris. Il était passionné d'histoire et il emmenait ses clients faire le tour des monuments historiques dans sa voiture. Rose-Marie l'aidait à attirer les voyageurs en faisant de petits numéros de cirque. C'est comme cela que je l'ai connu, un bel après-midi de juin aux abords du Trocadéro. Nous cherchions un guide bénévole à la paroisse et je lui ai proposé de déposer ses valises au presbytère.

- En ce qui concerne son mariage, est-ce que vous en savez plus ?

- Il m'a dit qu'il avait été marié à une très belle femme et qu'il travaillait autrefois à la poste de Clichy la Garenne. C'est pour cela qu'il accepta mon offre, car il avait de nombreux souvenirs dans notre ville. Sa femme est morte brûlée vive dans un incendie à la suite d'une explosion de gaz. Leur immeuble se trouvait dans le quartier des impressionnistes à côté de l'usine de retraitement. A l'époque, je venais juste d'arriver à la paroisse et je sais que cet événement avait fait grand bruit dans la commune. L'enquête n'a jamais pu dire si l'incident était d'origine criminelle.

- Est-ce qu'il avait des enfants ? continua-t-il.

- Non, je ne crois pas, en tout cas il ne m'en a jamais parlé.

- Et sa femme, travaillait-elle ? Que faisait-elle ?

- Je ne sais pas vraiment, il était assez évasif sur le sujet. Il l'aimait beaucoup. Ils s'étaient mariés sur le tard. Je crois qu'ils s'étaient connus dans leur jeunesse, mais il était assez vague là-dessus aussi, comme s'il voulait garder ses secrets enfouis au fond de lui.

Une sonnerie très musicale vint interrompre leur conversation. Arthur Mallandre sortit un écran digital dernier cri de la poche intérieure de son manteau, il venait de l'acheter. Il regarda le message qui y était inscrit.

- La police scientifique est arrivée. Je vais vous présenter le lieutenant Rasteau pendant que mes hommes préparent leur matériel. Il vous conduira à l'institut médico-légal. Je suis sincèrement désolé pour ce désagrément mais nous allons devoir interdire l'accès de la chambre de votre ami pour effectuer nos recherches. Je crains fort mon père que vos soupçons soient confirmés et que votre ami Lucien soit bien notre victime.

VI

En sortant du foyer Saint-Vincent de Paul, Leverick marchait et regardait les pavés. Il était presque seize heures et il avait besoin de marquer une pause pour y voir plus clair. Depuis la fin de la matinée, l'équipe scientifique avait fouillé la chambre de fond en comble, mais aucun élément concret ne leur permettait d'avancer plus. Tandis que ses collègues terminaient les investigations dans la cour du presbytère, le capitaine, las de piétiner, s'éloigna du côté du boulevard Jean Jaurès. Il traversa rue du Landy, s'engouffra dans une boulangerie pour acheter un mini sandwich au jambon, un éclair au café et un soda. A cet instant, il souhaitait qu'une solution lui tombe du ciel ; cela arrivait bien parfois : une lueur lui parvenait et illuminait sa conscience. Il s'assit sur le banc mouillé et glacial qui trônait au milieu du square et dégusta religieusement son déjeuner tardif. Il n'avait rien avalé depuis son réveil.

Tout à l'heure, il était resté seul à attendre l'arrivée de ses collaborateurs dans la chambre austère et poussiéreuse où il n'avait pas ménagé ses efforts. Mallandre était allergique aux acariens. Les sordides peaux de lapins qui recouvraient le canapé et la poussière accumulée un peu partout avaient fini par lui donner des haut-le-cœur et lui provoquer des éternuements intempestifs. Fortement incommodé par l'atmosphère qui régnait dans la pièce, il demanda à Leverick de gérer l'opération tandis qu'il irait faire un tour à la basilique de Saint-Denis pour, espérait-il, y trouver quelques indices. Emmanuel observa minutieusement les lieux et il comprit tout de suite d'où provenait cette odeur de paille qui les avait pris à la gorge. L'ambiance qui régnait dans la pièce semblait sortir tout droit de *Psychose ;* la victime, une étrange perruche, gisait à côté de musaraignes et divers insectes empaillés, dans une cage où s'amoncelait de l'herbe séchée et même si elle l'avait voulu, Rose-Marie n'aurait jamais pu s'en sortir. Elle avait été empoisonnée, tout comme son maître. Sylvia avait visé juste. Il avait trouvé à côté du volatile les restes d'un quartier de

53

pomme rouge qui à première vue, semblait être infectée par un poison. L'odeur des brindilles verdâtres était puissante, le policier se protégea les narines de peur d'être intoxiqué par les effluves qui s'en dégageaient. Il rebroussa chemin vers la minuscule kitchenette et ouvrit les portes des placards. Sous l'évier, il y avait une boîte de poudre de cyanure de potassium et une coupelle garnie de pommes. Leverick poursuivit son petit ménage au-dessus des plaques électriques. A côté du garde-manger, sur une étagère, des dossiers médicaux traînaient en vrac. Il regarda le dernier en date du début du mois qui contenait les radiographies des poumons de Lucien. Le rapport médical était consternant, le cancer des poumons en était à un stade très avancé.

L'homme savait qu'il allait mourir, c'est pour cela qu'il se tuait à petit feu, pensa Leverick. Il voulait éviter les souffrances inutiles des traitements et chaque jour, il ingurgitait une dose du remède mortel en mangeant des pommes empoisonnées. Le père Joseph n'était pas au courant du mal qui allait l'emporter.

- Saviez-vous que votre ami était gravement souffrant ? lui avait demandé Mallandre avant de partir.

- Non, mis à part qu'il se plaignait des bronches depuis deux ou trois semaines ; il m'a caché la chose semble-t-il, avait répondu tristement le prêtre.

Lorsque l'équipe de la scientifique arriva pour le suppléer et ratisser le terrain, hormis le fait qu'ils confirmèrent la thèse du suicide par absorption d'aliments contaminés au cyanure, ils ne collectèrent guère plus d'informations que lui. Sylvia Lenoir l'avait prévenu, la police judiciaire serait rapidement démise de l'affaire et l'enquête reviendrait aux collaborateurs de la DGSI.

Emmanuel était furieux ; à peine rassasié par sa maigre collation, il devait se mettre rapidement quelque chose sous la dent et avancer dans les recherches. Il se leva du banc, l'esprit encombré par tous les éléments de l'enquête. C'est la tête baissée qu'il entreprit de faire les cent pas pour mieux réfléchir. Impatient, il trépignait et dans sa course maladroite, son pied gauche vint s'accrocher contre une grille d'égout circulaire. Par chance, il évita de justesse le platane qui se tenait devant lui et malgré la douleur, il contourna l'arbre. Il était un peu trop stressé et respira longuement en s'accolant à un vieux réverbère noir. Sa lumière subtile l'éclairait suffisamment car le jour commençait déjà à baisser, une fine brume épaississait l'air ambiant et s'exhumait de la place de l'église. Il faisait froid et son estomac le tiraillait encore de faim, mais il avait les idées un peu plus claires et entreprit de les analyser. C'était trop simple, il sentait que cette histoire devait l'amener dans une autre direction et son intuition lui faisait rarement défaut : il était nécessaire qu'il prenne un tour d'avance ; il n'avait pas encore tous les éléments en main, mais bientôt il en saurait un peu plus. La brise automnale vint caresser son visage et emporta les feuilles brunes du platane qui crépitaient puis s'amoncelaient en petits tas tourbillonnants sur le sol grisâtre de la rue. Les pupilles du policier s'agrandirent et ses yeux s'illuminèrent, quelque chose le démangeait et le poussait à retourner dans l'appartement ; il rebroussa chemin, l'air décidé.

*

Leverick entra de nouveau dans la cour du presbytère et avertit ses collègues d'un geste de la main qu'il remontait dans la chambre vérifier quelque chose. Ils terminaient d'inspecter la Renault cinq de Lucien Landroze. A voir leurs expressions, il comprit que les recherches étaient de ce côté-là encore infructueuses. Il sonna par politesse et le père Joseph lui ouvrit. Il était revenu depuis peu, cependant, occupé par ses pensées, le capitaine s'étonna de ne pas l'avoir aperçu dans la rue.
Le curé avait quitté sa tenue de ville pour sa soutane et s'apprêtait à officier.
- Votre pied ne vous fait pas souffrir j'espère ? dit-il d'un sourire aimable. Je vous ai vu vous cogner tout à l'heure, j'ai déjà contacté les services municipaux la semaine dernière car vous n'êtes pas la première personne à vous blesser à cet

endroit. Apparemment, ils ne sont pas encore venus faire le nécessaire.

Avec courtoisie, il laissa Leverick se frayer un passage dans le hall, mais cette fois-ci le cœur n'y était pas et l'homme d'église lui proposa de monter seul.

- J'organise une messe à dix-huit heures pour mon ami. Votre collègue, monsieur Rasteau, a enregistré ma déposition cet après-midi après que nous ayons vu sa triste dépouille. C'est terrible, balbutia-t-il en dessinant le signe de la croix, jamais je n'aurais pu imaginer cela. Vous m'excuserez, mais j'ai besoin de m'entourer des fidèles ce soir pour éclaircir certains aspects de ce terrible drame avec le Seigneur. Il saura nous guider dans nos prières.

Le dos courbé de tristesse, le père Joseph se dirigea vers la chapelle Saint Médard où il était attendu. Emmanuel jugea bon de ne pas l'encombrer de questions supplémentaires, il attendrait de lire son témoignage. Il gravit les marches trois par trois jusqu'à ce qu'il atteigne le premier étage. L'appartement de la victime était maintenant balisé, mais la porte n'avait pas encore été scellée. Le capitaine enjamba l'installation pour entrer, il se dirigea vers la salle de bain, la porte était fermée. Il savait qu'ils avaient raté quelque chose tout à l'heure et qu'un maillon manquait à l'enquête. Il était nécessaire de retracer le début de la journée du vieil homme. Il enclencha la poignée et entra dans la pièce d'eau. On n'avait pas suffisamment cherché ici. Quelques minutes plus tard, Leverick était de nouveau sur le palier. Il regarda autour de lui, satisfait, et ferma la porte. Il serait le dernier à quitter les lieux, personne n'en saurait rien. Le policier dévala rapidement les escaliers en faisant glisser une main sur la rambarde. De l'autre côté du couloir, on entendait l'orgue qui jouait la messe. Il rejoignit ses coéquipiers dehors. Tandis que la police scientifique pliait boutique, le capitaine interpella deux agents en uniforme qui attendaient ses ordres :

- C'est bon pour moi, rien d'autre en magasin. Vous pouvez poser les scellés.

Maintenant, Leverick avait de quoi faire. Il passerait sa soirée à la brigade pour rédiger son rapport.

VII

C'est historique, le 36 resterait toujours le 36. La semaine précédente, l'ensemble des fonctionnaires, affectés par le ministère de l'intérieur, avait quitté l'île de la Cité pour emménager dans un bunker ultra-sécurisé dans le dix-septième arrondissement. Le quartier Clichy-Batignolles, étonnante extension architecturale du Grand Paris, accueillait au cœur d'un urbanisme vert, le nouveau Tribunal d'Instance de Paris et le siège de la police judiciaire. Il suffisait d'entamer une promenade dans le parc Martin-Luther-King, puis d'emprunter la passerelle piétonne longeant le boulevard Berthier jusqu'au boulevard Saussure, pour être le témoin des transformations phénoménales qui animaient le voisinage.

Loin d'eux resterait désormais la vieille maison pointue, vétuste mais chargée d'histoire, elle ne deviendrait ni plus ni moins qu'un musée du passé pittoresque et pathétique de la grande criminalité française. Les policiers, juristes et autres administrateurs du barreau avaient gagné avec fierté les galons de leur haute et nouvelle forteresse. Seul le nom de la rue était différent, Bastion : 36, rue du Bastion. Il fallait s'y faire. Le 36 Quai des Orfèvres allait leur manquer, mais dans quelques mois, ce bâtiment deviendrait le terreau et la glèbe de la mégalopole judiciaire française. Bientôt, écrivains et scénaristes ne tarderaient pas à fantasmer sur l'histoire de ces femmes et de ces hommes, des héros ordinaires qui, malgré la décadence et les incivilités faites à leur égard, continueraient à protéger la veuve et l'orphelin et à élucider avec courage des enquêtes souvent moins bienveillantes que celles du commissaire Maigret. Ils devraient continuer à faire face aux traîtres et aux ripoux, car c'était dans l'ordre des choses, il y aurait toujours des contrevenants à l'éthique de rigueur.

L'édifice de la police criminelle ne manquait pas d'attraits et pour sa part, Leverick adorait la façade en verre double peau conçue pour résister à l'impact des balles et à toute tentative d'évasion. Adossé au Palais de Justice, l'immeuble, moderne et sécurisé, avait été croqué par les architectes Valede et Pistre et s'inspirait des schémas de Vauban. Les deux bâtiments, à haute qualité environnementale, étaient reliés par un tunnel souterrain afin que les détenus puissent être déférés rapidement en comparution immédiate. Citadelle imprenable, leur nouveau QG miroitait dans ce nouveau paysage urbain à la manière des tableaux impressionnistes d'Alfred Sisley.

Toutefois, dans leur bureau, c'était un vrai merdier. Le local, flambant neuf, impersonnel et aseptisé d'histoire, croulait sous les cartons et les dossiers en cours et malheureusement il leur faudrait des mois pour tout organiser. Emmanuel fit le tour de la pièce et caressa du bout des doigts le rebord des fenêtres ; d'ici il avait une vue exceptionnelle sur la ville. Benjamin Rasteau avait terminé son service et avait laissé un procès-verbal dans son casier. Cet après-midi, le lieutenant, fin cinéphile à ses heures perdues, avait accroché au mur l'affiche de Skyfall. Il adorait James Bond et tout ce qui tournait autour des gadgets et de l'espionnage. Leverick savoura quelques instants la beauté de leur nouveau lieu de travail et se réjouit d'être malgré tout du bon côté de la vie.

Il ramassa dans sa caisse à effets personnels un magazine avant de s'étendre sur le fauteuil cafardeux, plus confortable que le siège en cuir et bois d'ébène qu'on lui avait attribué. Il avait dégoté ce dernier aux puces de Saint-Ouen pour un prix modique. Il feuilleta oisivement les pages de sa revue pour se vider la tête et c'est sans s'interrompre qu'il tomba furtivement sur des photographies au hasard de ses rencontres. Les femmes nues du catalogue le regardaient dans les yeux et lui murmuraient des fables érotiques pénétrantes. L'une d'elle en position de charme, une rousse avec un tatouage dans le creux des reins, était épilée de très près. Il adorait. Leverick transpira de la rejoindre au lit avant de se reprendre. Il pensa à la fille. Elle aussi était rousse. Pourquoi pensait-il à elle ? Non, elle n'était ni rousse, ni blonde ; c'était plutôt la couleur de la noisette qui se reflétait dans ses cheveux parfumés. Un blond vénitien. Bientôt, il devrait la revoir. Le flic s'étira les bras et courba l'échine jusqu'à se fléchir vers ses membres inférieurs avant de se redresser d'un bond. Il jeta le périodique à la poubelle et s'attabla pour lire la déposition du curé.

Ancien employé des postes, Lucien Landroze, après quelques années d'errance vagabonde dans les rues de Paris, avait trouvé grâce au père Joseph, une petite activité de subsistance supplémentaire pour compléter sa maigre retraite. En semaine, il consacrait son temps à enrichir ses connaissances historiques et bibliques afin de pouvoir accomplir chaque week-end son rôle de guide touristique dans divers établissements religieux de la région parisienne. Dernièrement, il accompagnait avec frénésie les visiteurs de la basilique de Saint-Denis et au grand étonnement du père Joseph, il y mettait encore plus d'ardeur qu'à l'accoutumée. D'ordinaire, Lucien était plutôt d'humeur taciturne, mais ordonné diacre récemment, le bonhomme était très heureux maintenant. Son ami pensait qu'il avait trouvé dans sa nouvelle mission un regain de vitalité, mais c'est vrai qu'à l'arrivée de l'automne fin septembre, son bon moral s'affaiblissait quelque peu et que certains matins, il avait des difficultés à mettre un pied devant l'autre. Le prêtre disait n'avoir aucune explication cartésienne à donner à ce propos, mis à part cette bonne bronchite qui le contrariait depuis un certain temps.

Sceptique, Leverick siffla une mélodie de Debussy, il était certain que cet enthousiasme inaccoutumé, même épisodique, cachait quelque chose. Il tapota en rythme le rebord du dossier Landroze, le ferma et glissa une main dans la poche de son jean. L'objet qu'il avait ramassé tout à l'heure était circulaire. Il était coincé dans le trou d'évacuation de la douche et il lui avait fallu plusieurs minutes pour le déloger de cet endroit. C'était une bague emmêlée dans un tronçon de chaîne en or à fins maillons. Elle avait cédé alors que Lucien devait prendre sa douche matinale. Leverick avait trouvé l'autre morceau du collier sur le rebord du lavabo ; le vieil homme n'avait pas réussi, semble-t-il, à retrouver l'alliance perdue.

Le capitaine sortit l'anneau de son pantalon, déroula la chaînette entremêlée et l'observa avec circonspection. D'aspect patiné et vieilli par l'usure du temps, le bijou était en or jaune.

Ciselé sur son pourtour, le métal doré était incrusté de nervures d'or rose. L'intérieur de la bague était sali de savon et de calcaire et Leverick s'affaira à la nettoyer avec du matériel de manucure qu'il laissait toujours traîner dans un tiroir.

On toqua à la porte : c'était Mallandre, il venait le saluer avant de prendre congé car il était déjà vingt- et -une heure. Remis de sa crise allergique, mais la goutte encore au nez, le commandant faufila sa tête dans l'entrebâillement de la porte. Emmanuel leva un regard ahuri vers son chef.

- Eh bien, tu es tombé de la lune, quelque chose ne va pas garçon ? interrogea-t-il.

Arthur l'appelait toujours ainsi lorsqu'ils étaient seuls.

- Tout va bien, cette affaire me tracasse et je n'ai pas encore commencé mon rapport si c'est cela que vous venez chercher.

- Ah, toi aussi. Je viens de voir le commissaire Olivieric. Il est énervé parce qu'il n'a toujours pas eu le document de l'autopsie et à la sécurité intérieure on commence à le harceler.

- Je n'avance pas très vite ce soir, j'ai besoin encore d'un peu de temps. J'aime aller au bout des choses, vous savez bien à quel point je suis perfectionniste commandant, sourit Leverick avec ironie.

- Certainement, répondit le commandant incrédule. Je crois surtout que tu ne supportes pas d'être démis des enquêtes, principalement celle-là, et que tu aimes faire avancer les choses à ta manière, mais là, nous n'avons pas d'autre alternative. Dis-moi, tu ne me cacherais pas quelque-chose, poursuivit-il ?

Intrigué, le commandant s'avança dans le bureau, il connaissait très bien son bras droit, il comprenait ses réticences à lâcher l'affaire. Mallandre aperçut la lime qui traînait au-dessus des dossiers.

-C'est souvent qu'il t'arrive de te faire les ongles au boulot ?

Pris à son propre jeu, le capitaine vira au rouge et lui tendit la bague que son confrère saisit rapidement avant de la poser dans une de ses paumes.

61

- Regardez à l'intérieur, suggéra Emmanuel en feignant l'innocence.

Arthur fit glisser ses lunettes jusqu'à la pointe de son nez et fronça ses paupières.

- Ta vue est excellente Leverick. Où l'as-tu trouvée ?

Il lui expliqua brièvement ses dernières péripéties de la journée et le commandant s'aperçut au fil de la discussion qu'il était de mèche avec Sylvia. La femme médecin, éprise de ce grand brun, essayait, elle aussi de lui faire gagner du terrain.

- J'ai fait une entorse à la déontologie de base, patron, mais pas à la mienne, justifia-t-il. J'ai juste emprunté un objet utile à mon enquête...

- Je te fais confiance, tu le sais bien, c'est toi l'intello de l'équipe. Tu te chargeras de la remettre sur le circuit dès que tu en sauras un peu plus là-dessus, mais dès que le rapport d'autopsie sera sur mon bureau, il sera trop tard, alors fais vite. D'ici deux jours, tu dois me rendre des comptes.

Emmanuel acquiesça d'un signe de la tête, ravi d'avoir réussi son coup.

- Sinon de votre côté, vous avez du neuf ?

- Aucune trace d'effraction ni d'agression, la basilique, malgré les travaux de restauration en cours, était aussi paisible que l'éternité, souffla-t-il.

La musique de son téléphone mobile contraria leur conversation. Le commandant émit un juron et sortit l'appareil de son imperméable gris souris avant de décrocher. Affolé, le père Joseph criait à l'autre bout du fil. Arthur lui somma de se calmer et posa le combiné sur le bureau pour mettre le haut-parleur.

- Je me rappelle maintenant ce que la perruche disait vendredi. Elle a passé sa journée à hurler « Rosa, Rosa Crux » !

VIII

Une silhouette attendait Gabrielle à l'entrée du tunnel. Elle se déplaçait lentement vers elle et l'appelait avec douceur :
- Viens Gabrielle, rejoins-moi, regarde comme je suis heureuse.
- Etes-vous un ange, interrogea-t-elle ?
Une lumière ambrée encerclait la femme d'un halo scintillant. Elle était vêtue d'une robe blanche et ses cheveux blonds étaient enrubannés dans un voile de soie bleu. Gabrielle se sentait en paix et avait envie de la suivre. Son cœur s'emplissait d'un bonheur exaltant, mais le tunnel était un tube noir qui s'étendait dans l'infini et Gabrielle n'avait pas du tout envie d'aller dans cette direction. L'ombre la sentit hésitante et s'approcha encore jusqu'à frôler son buste. Elle effleura sa joue droite d'un baiser :
- Chut, dit-elle en posant son index sur ses lèvres, ils n'aiment pas trop que l'on parle de ses choses-là…
- Vous êtes un esprit alors ?
Elle acquiesça d'un battement de cils. Ses yeux d'un bleu profondément clairs se noyèrent dans ceux bleus gris de Gabrielle. Visage contre visage, leurs pupilles prirent la même couleur indigo, des images intimes de chacune de leurs pensées se confondirent et plongèrent Gabrielle dans une rêverie profonde. Elle vit le temps des Hommes, celui des personnes pressées, qui file à toute allure et celui des corps souffrants qui ralentit leur existence de damnés. Elle eut peur, il n'y avait pas d'amour dans ce monde-là. Il n'y avait que de la haine et du profit, de la solitude, de l'égoïsme, de la douleur et de la peine. Elle continua son épopée et découvrit ses réflexions les plus obscures, celles qui cadenassent son existence et émiettent toute sa vitalité. Gabrielle sentit sa poitrine contenir un profond désespoir, elle était triste et pleura.

- Sèche tes larmes, ma belle. Allons là-bas, un peu plus loin dans la roseraie, suis-moi.

La Vierge lui attrapa la main pour la conduire dans un jardin où fleurissaient des lilas odorants, des roses poudrées et autres clématites vertigineuses. Elles s'arrêtèrent sous un immense rosier Ronsard qui grimpait le long d'une ogive de bois et s'étreignirent un instant. A nouveau leurs yeux se confondirent, cette fois Gabrielle n'aperçut rien d'autre que l'amour infini du monde. La madone lui murmura au coin de l'oreille :

- Tu es au début de ton périple, ton âme va devoir résoudre de nombreux désordres affectifs et tu voyageras loin, très loin. Sois courageuse, tu as tant à donner, ne t'essouffle pas. N'aie pas de regrets et réjouis-toi de la bonté et la joie que tu portes autour de toi.

- Comment dois-je aimer ?

- Le symbole est la clef de l'univers, tant que tu ne le suivras pas, tu te perdras dans le labyrinthe de ta vie. Trouve-le et ainsi tu obtiendras.

Gabrielle ne comprit pas un mot de ce que la déesse lui disait. Elle voulut lui demander de répéter, mais les effluves de fleurs l'enivrèrent au point qu'elle ferma les paupières. Quand elle les ouvrit à nouveau, elle était seule, la divinité avait disparu et le voile de soie bleue lui restait entre les mains. Il l'enveloppa d'une lumière si douce et apaisante qu'elle s'en couvrit la tête, jusqu'à ce que tout s'éteigne, la roseraie et le tunnel s'effacèrent, ils n'existaient plus. C'était le néant, il faisait noir, Gabrielle sentit le tissu s'enrouler autour de sa gorge qui se crispait. Une angoisse terrifiante la saisit, elle s'étouffait. Impuissante, elle succomba de frayeur.

Elle se redressa en hurlant et se cogna la tête contre les barreaux du lit métallique. Sœur Elisabeth s'approcha d'elle et lui tapota tranquillement la main qui dépassait de son drap blanc. Elle transpirait et la religieuse passa un linge humide sur son front.

- Je l'ai vue, je l'ai vue, gémit Gabrielle.

La sœur lui tint le haut du dos et l'accompagna jusqu'à ce que la jeune femme s'allonge de nouveau. Elle la rassura avec douceur.

- Calmez-vous mon petit, tout va bien maintenant, il ne peut plus rien vous arriver. Nous avons l'habitude de ce genre de situation ici. Désormais, la foi vous accompagnera toute votre vie durant.

- Elle m'a dit de suivre le symbole. Je n'y comprends vraiment rien, de quel symbole parlait-elle ?

- De la rose, ma chérie. Vous devez suivre le chemin de la rose.

- La rose ? Mais quelle rose ?

- Il s'agit de la rose que vous portez au fond de vous, la rose de l'éternité, celle qui nous conduit à notre féminin. C'est bien cela que Marie nous enseigne à nous les femmes. Chacune de nous porte en elle la rose sacrée qui lui montrera le chemin de l'espérance.

Gabrielle répéta ses paroles en chuchotant, elle avait les lèvres sèches et la bouche pâteuse :

- Je ne sens rien de bon à l'intérieur de moi, susurra-t-elle dans un sanglot imperceptible.

- Allons, allons, mon enfant, arrêtez de vous faire du mal pour des choses qui n'en valent pas la peine. Vous divaguez. Il me semble que vous avez un peu trop de fièvre, reposez-vous, je vais chercher l'infirmière.

Sœur Elisabeth se dirigea vers la porte avec lenteur, Gabrielle remarqua le foulard de la vieille dévote qui flottait autour de ses épaules étroites et diffusait une senteur fleurie sur son passage. Il était du même bleu que celui qui l'étranglait tout à l'heure. Elle l'entendit à peine sortir. Un léger souffle d'air froid lui fit percevoir que la nonne était partie, Gabrielle accepta alors que tout ceci n'était qu'un rêve. Rassurée, elle se rendormit.

*

65

Bien plus tard, la fièvre de la convalescente était tombée. En s'éveillant, elle était d'une blancheur extrême, mais elle avait retrouvé sa lucidité et se souvenait enfin qu'on l'avait conduite à l'Hôtel Dieu car elle avait eu un accident. Elle essaya de regarder par la fenêtre de la chambre et lorsqu'elle tourna son visage vers l'encadrement situé à gauche de son lit, une douleur violente se diffusa de son cou jusqu'au bas de sa colonne vertébrale. Poings fermés, elle cria sa souffrance en comprimant sa respiration puis s'immobilisa afin de calmer son mal. Elle portait une minerve et pour fixer les vitres, détourna ses yeux avec lenteur. Personne n'avait pensé à fermer les rideaux et Gabrielle put voir dehors. Il faisait nuit et il y avait du vent, elle aperçut des feuilles d'arbres qui surgissaient de la pénombre en giflant la vitre. Les branches se balançaient au gré des risées et la neige sur les toits avait fondu.

Certainement elle avait somnolé pendant des heures. Elle ne savait pas quel jour il était et combien de temps elle était restée dans cette chambre. Elle supposa qu'il était aux alentours de minuit car les rues parisiennes étaient encore bruyantes des sorties de dîners tardives. Les phares des véhicules qui passaient éclairaient les branchages et laissaient apparaître les chimères de la nuit. Elle se souvint des événements des jours précédents, de l'accident et de cette pauvre femme qu'elle avait aidée à accoucher. Ils pleuraient tous de joie quand il est né ; le bébé, la femme et l'homme. Gabrielle était heureuse de les avoir aidés. La jeune mère était euphorique, elle avait le regard lumineux et rien ne laissait à penser qu'elle avait souffert quelques instants plus tôt. L'enfant sortait de sa chair et en s'incarnant, il apportait à son corps essoufflé une lumière nouvelle ; c'était une renaissance, un jaillissement miraculeux, un écrin de jouvence.

Il s'en était fallu de peu tout de même pour qu'elle ne puisse intervenir, elle avait eu des difficultés à sortir de la voiture tant son dos lui faisait mal après la collision, mais elle avait trouvé le courage au plus profond d'elle-même, elle s'était dirigée vers eux et les avait sauvés. Dans d'autres circonstances, elle aurait aimé l'homme. Il était beau et séduisant, cependant il était père et elle n'avait aucun droit sur lui. Elle s'était simplement écroulée dans ses bras à l'arrivée des secours, il l'avait transportée jusqu'à la civière, l'empoignant d'une force masculine sensuelle et sécurisante. Elle s'était blottie contre lui ; rien que pour cela, elle lui en était profondément reconnaissante.

Gabrielle entendit le cliquetis de la porte qui s'ouvrait. Elle tourna à peine la tête, mais ses pupilles loties dans le coin droit de ses orifices aperçurent une masse blanche se rapprocher du lit. C'était l'infirmière qui lui apportait des médicaments. Elle appuya sur l'interrupteur pour éclairer la pièce ce qui aveugla Gabrielle. Elle trouva cette femme fort antipathique au premier abord. Petite et de corpulence moyenne, âgée d'une cinquantaine d'années tout au plus, ses talons noirs claquaient sur le carrelage ancien et la grandissaient de quelques centimètres. Elle se déplaçait en balançant son bassin qui chaloupait de gauche à droite dans une singulière danse lascive :

- Ah ! Vous êtes réveillée à ce que je vois, je savais bien que j'avais entendu quelque chose, s'exclama-t-elle d'une voix forte. C'est que vous avez beaucoup dormi mademoiselle Landroze, et tout ça juste pour quelques contusions dans le dos !

Elle avait prononcé le mot mademoiselle en la scrutant d'un regard peu avenant et avait insisté sur la première syllabe. Gabrielle s'étonna de son impolitesse et ne répondit pas. Sans grande délicatesse, la soignante redressa le lit en appuyant son énorme index sur le bouton accolé à la table de chevet et fit mine de ne pas entendre les gémissements de la patiente.

- Je vais prendre votre tension.

Elle attrapa le bras de la jeune femme pour y coller un tensiomètre et elle appuya sur la pompe qui comprima l'humérus de Gabrielle. Elle attendit quelques instants en soufflant pour montrer son impatience, car elle avait beaucoup de travail, une des collègues manquait à l'appel pour aider l'équipe de nuit.

- 13/7, c'est suffisant pour vous faire sortir dès demain matin. Il y a des cas plus urgents à gérer ici en traumatologie mademoiselle Landroze, dit-elle en appuyant encore sur le Ma de mademoiselle. Votre minois a bien dû plaire au docteur Berliot parce que d'habitude il ne s'embarrasse pas des patientes larmoyantes dans votre genre et les renvoie chez elles avec leurs anti-inflammatoires.

Gabrielle rougit de honte, cette fonctionnaire qu'elle ne connaissait ni d'Eve, ni d'Adam, ne mâchait pas ses mots pour lui faire état de son mécontentement. Celle-ci, qui avait en effet quelques attirances pour ce fameux Docteur Berliot, projetait sa fureur sur la pauvre fille car ses dernières avances ne l'avaient menée à rien.

Gabrielle chercha à se justifier :

- Sœur Elisabeth vous a-t-elle prévenue ? J'ai eu un peu trop de fièvre, certainement que le médecin a convenu avec elle que je reste ici un peu plus longtemps qu'à l'accoutumée, Madame…?

- Madame Buisson, dit-elle les lèvres pincées, en lui indiquant son insigne sur le haut de sa blouse.

L'infirmière trépignait, elle avait encore de nombreuses autres personnes à visiter et elle ne voulait pas rater le début de l'émission de radio qui l'accompagnait dans sa routine nocturne. Elle prit la température de Gabrielle avec un de ces thermomètres innovants que l'on enfonce dans le conduit auditif, puis tourna le long du lit, saisit sa tablette pour consulter le dossier de la patiente.

- Vous n'avez plus de température. A part quelques ecchymoses au niveau des vertèbres cervicales et un hématome situé à la charnière lombo-sacrée comme cela avait été diagnostiqué, je ne vois rien de nouveau dans votre dossier. Dites-moi, qui est sœur Elisabeth ? A partir de dix-neuf heures, les visites ne sont plus autorisées, s'étonna la quinquagénaire.

- La religieuse qui travaille ici. Elle est venue tout à l'heure quand je me suis réveillée la première fois, elle m'a rassurée et ensuite elle est partie vous chercher, répondit Gabrielle d'une voix grêle.

La femme fronça les sourcils et teinta son visage de gravité.

- Une religieuse ! Mais il n'y a plus de nonnes à l'Hôtel Dieu depuis la fin du XIXème siècle ! Vous m'inquiétez sérieusement, soit vous avez une sacrée imagination, soit votre état est réellement plus sérieux que je ne le pensais.

L'infirmière déposa des gélules et un verre qu'elle remplit d'eau sur la table de chevet, puis elle aida Gabrielle à prendre ses médicaments. Elle s'était adoucie.

- Bon, je vais avertir mes collègues qui vous feront passer d'autres examens à la première heure demain matin. Je ne comprends pas, on m'avait pourtant dit que vous n'aviez pas de traumatisme crânien.

Gabrielle sentit enfin une pointe d'humanité traverser l'esprit obtus de son interlocutrice. L'infirmière tourmentée par ses soucis personnels et sa charge de travail lui sourit finalement avec plus de bonté. Elle descendit le store ultra-mince qui faisait office de rideau et ensuite, éteignit la lumière.

- Rendormez-vous maintenant, le petit déjeuner vous sera servi à sept heures demain matin. Bonne fin de nuit, mademoiselle Landroze et n'hésitez pas à sonner si besoin.

L'infirmière tourna ses chaussures à talons et s'éloigna en balançant ses hanches. Cette fois elle n'avait pas insisté sur le Ma. Quelque peu rassurée, Gabrielle s'assoupit de nouveau.

IX

A sept heures, il faisait encore sombre et la chambre tamisée par l'éclairage du couloir paraissait aussi lugubre qu'un funérarium. Le sommeil de Gabrielle fut léger et agité ; engourdie par le lit grinçant qui l'avait plongée dans une torture très amère, la jeune femme avait très mal dormi. Son corps, raidi par des douleurs lancinantes, l'avait contenue dans un semi-coma douloureux pendant que ses méninges la berçaient de pensées aussi délirantes et saugrenues les unes que les autres. Gabrielle était épuisée, elle se demanda quand elle pourrait reprendre son travail. L'activité du personnel hospitalier reprenait tranquillement son cours et des odeurs de café parfumaient le service de traumatologie. On lui apporta le petit déjeuner avec du thé et elle mangea tant bien que mal, assise sur un rigide fauteuil vert pâle qui siégeait avec austérité à côté du radiateur. A sept heures trente, l'aide-soignante lui apporta deux tartines supplémentaires car elle avait encore faim. Elle en profita pour demander les informations, la femme lui brancha la télévision numérique. Un faisceau lumineux jaillit et diffusa la page d'accueil du réseau satellite sur l'écran. Après une courte manipulation tactile, elle tomba sur une chaîne du satellite puis retourna à ses occupations, laissant Gabrielle terminer sa collation et s'assourdir devant les informations.

Déjà la matinée n'était pas réjouissante. Le journaliste décrivait la situation économique de la France encore peu fameuse. Les politiques guillotinaient de faibles espoirs les français en s'amusant avec les chiffres du chômage et continuaient à perdre des électeurs. Rien de nouveau à cela.

Perplexe, Gabrielle serra les dents. Elle n'avait jamais manqué de rien, de ce fait, elle n'était pas matérialiste pour deux sous et elle ignorait les difficultés que l'on éprouvait dès lors qu'il s'agissait de terminer le mois. Elle savait qu'elle hériterait de ses parents qui avaient emmagasiné une belle fortune grâce à l'officine de son père. Après une courte page de publicité, le chroniqueur revint sur l'évènement tragique du onze novembre qui marquait l'actualité des jours précédents. Gabrielle écouta avec stupeur, surprise, à quelques heures près, d'avoir raté l'annonce du crime qui drainerait les conversations des six prochains mois. Elle avait eu son accident juste avant que la nouvelle soit annoncée par les médias. Le reporter signifiait qu'il s'agissait d'un drame républicain et que le pays était plongé de nouveau dans une profonde tristesse. Ce crime portait atteinte à la mémoire nationale et le reporter rappela que le Président de la République avait décrété l'état d'urgence. Quiconque chercherait à porter préjudice à la souveraineté démocratique serait lourdement et gravement condamné. Le pays était en deuil et dans toutes les communes, on avait pu recenser une grande vague d'émotion et de patriotisme. Dans la capitale, l'Arc de Triomphe était encore inaccessible au public, mais ignorant les agents de police, des hordes de journalistes immortalisaient le monument de leurs flashs devant les barrières de sécurité qui encadraient la place de l'Etoile. La circulation était encore complètement désorganisé dans les secteurs stratégiques de la ville, les artères principales étant fermées, il fallait bien connaître les soubassements des quartiers pour évoluer d'une rive à l'autre. C'était un cauchemar pour les riverains qui se ruaient dans les transports souterrains et pour les besoins de l'enquête, l'identité de la victime était encore gardée secrète. Néanmoins, l'auteur du meurtre était recherché avec acharnement et pour le moment, les enquêteurs faisaient simplement un appel à témoins.

Le téléviseur diffusa pour la énième fois le discours du ministre de l'Intérieur, par chance Gabrielle le découvrit dans son intégralité. Il restait suffisamment évasif pour ne pas se compromettre et indiquait que les forces de l'ordre n'écartaient pour le moment aucune piste. Un portrait-robot du meurtrier se glissa en bas de l'écran avec le numéro d'appel de la police nationale. C'est à ce moment-là que Gabrielle le reconnut. Derrière le ministre, entre deux autres policiers, un homme se tenait debout les mains dans les poches et regardait ses chaussures. Il était mal à l'aise et ne se sentait pas du tout à sa place. Une mèche brune ondulée glissait sur son front, Gabrielle en avait le souffle coupé, son bienfaiteur était fonctionnaire de police. Elle se regarda. On lui avait enfilé une blouse blanche à la va-vite sans prendre le soin de la fermer à l'arrière et elle portait des sous-vêtements jetables. Peut-être viendrait-il la voir ? Elle ne pouvait rester dans cet accoutrement. Sur le bord de la table de chevet, elle aperçut ses habits. Ils étaient propres et soigneusement pliés, quelqu'un les avait lavés. Qui s'était occupé d'elle ? Elle n'avait pas encore créé d'amitiés solides à son travail et il était improbable que ce soient ses parents. Elle ne leur parlait plus depuis plusieurs mois et c'était sa grand-mère qui lui transmettait des nouvelles. Elle décida de faire un brin de toilette et se souleva en prenant appui sur ses bras. Son coccyx la faisait souffrir énormément et la digestion de son petit déjeuner lui déchirait les entrailles, elle faisait toujours attention à son régime alimentaire et évitait de consommer du gluten au petit déjeuner. Aujourd'hui, elle n'avait pas eu le choix. Elle parvint jusqu'à la porte de la salle de bain ; une fois debout, les douleurs s'amoindrissaient. Ses articulations étaient ankylosées après deux jours complets de repos forcé et elle ouvrit la porte doucement. Une serviette était posée sur le porte-manteau. Elle prit une douche tiède en évitant de se mouiller la nuque et en faisant glisser le savon jusqu'à ses pieds. Elle s'essuya en se tamponnant puis se faufila dans le jean et le T-Shirt. Gabrielle était longue et menue, son pantalon quoiqu'un peu large lui était bien ajusté et dessinait joliment ses hanches. Songeuse, elle scruta dans le miroir sa mauvaise mine. Elle avait deux énormes poches sous les yeux et elle pleurait. Dépitée, elle lissa ses cheveux à la main.

On toqua à la porte. Une infirmière, cette fois fort sympathique, souriait, toute pimpante de sa matinée qui débutait :

- Bonjour mademoiselle Landroze, je suis Laura Jardon, cadre, du service de traumatologie. Ah, je vois que vous vous êtes habillée avec les vêtements propres que votre oncle a apportés hier.

- Mon oncle, vous êtes sûre ? balbutia Gabrielle interloquée.
- Parfaitement sûre. C'est un vrai gentleman, vous avez beaucoup de chance de l'avoir. Il m'a expliqué pour votre mère. Quelle tristesse, vous étiez si jeune quand elle est morte. Il m'a montré une photo d'elle avec vous avant son décès. Vous étiez si mignonne dans votre robe de cotonnade blanche. C'est fou comme la ressemblance entre toutes les deux est aujourd'hui stupéfiante !
- C'est très étrange, ma mère vit dans le Nord de la France avec mon père et nous sommes sans nouvelle de mon oncle depuis des années.
- Oui, il m'a expliqué fort bien qu'elle a passé toute son enfance dans une petite ville près de Lens... Carvin je crois. Oui c'est bien cela, Carvin. Ensuite elle est venue vivre en Ile de France lorsqu'elle a épousé votre père.

Gabrielle, complétement décontenancée par cette situation et encore sous l'emprise de ses douleurs, se balança d'un pied sur l'autre avant de s'effondrer sur le lit.

- Vous ne vous rappelez pas, c'est cela ? souligna Laura en s'asseyant gentiment à côté d'elle.

La jeune femme affaiblie ne sut que répondre et l'observa de ses yeux vides.

- Ne vous en faites pas mademoiselle Landroze, les pertes de mémoires et les hallucinations sont courantes dans votre cas. Vous êtes quand même restée inconsciente pendant vingt-quatre heures et ensuite la Lamaline vous a fait sombrer dans un état second. La personne de garde m'a expliqué ce qui s'est passé la nuit dernière.
- C'est-à-dire que je rêvais à haute voix lorsqu'elle est arrivée dans la chambre, je crois bien lui avoir fait peur, chuchota-t-elle.
- Je comprends, mais par précaution le docteur Blériot va vouloir vous faire passer une dernière IRM.

- Simplement, je dois retourner au travail rapidement. Je viens de commencer un nouvel emploi à la clinique de la Muette, c'est très important pour moi d'assumer mes responsabilités.

Bienveillante, l'infirmière lui sourit et la rassura :
- Votre articulation occipito-mastoïdienne est bloquée à cause des ecchymoses. Cela provoque entre autres des vertiges, des nausées et parfois d'autres rêveries bizarres. Dès que les contusions auront disparu, vous pourrez retrouver une activité normale et repartir au travail, en attendant vous êtes mise au repos, néanmoins nous pouvons envisager de vous laisser sortir en début d'après-midi si l'examen est normal.

*

Gabrielle quitta l'Hôtel Dieu quelques heures plus tard et marchait sur les pavés parisiens. On l'avait laissée partir de justesse, le médecin qui avait finalement donné son accord voulait la revoir la semaine prochaine pour contrôler son état et, le cas échéant, l'autoriser à reprendre son activité professionnelle.
- Si j'étais vous, j'irais voir un bon ostéopathe, cela vous détendra et soulagera vos cervicales, lui dit Laura Jardon lorsqu'elle quitta sa chambre. J'ai l'impression que vous avez de lourdes choses à porter sur vos petites épaules.
Gabrielle ne répondit pas, stupéfaite par cette remarque saugrenue, mais elle tendit la main quand l'infirmière lui griffonna l'adresse d'un praticien qu'elle connaissait.
Après tout qu'est-ce-que cela lui coûterait de se faire masser le dos ?
- Vous verrez, les choses vont vite rentrer dans l'ordre, cet homme-là fait des miracles même dans les cas les plus sévères.
La cadre supérieure l'accompagna jusqu'aux ascenseurs de sortie et l'interpella une dernière fois juste au moment où les portes se fermèrent.
- N'oubliez-pas de reprendre vos clefs de voiture à l'accueil, le capitaine Leverick les a déposées pour vous hier afin que vous puissiez aller la chercher au garage.

Gabrielle la remercia vivement d'un signe de tête et descendit au rez-de-chaussée. Ainsi, il était capitaine et s'appelait Leverick. Il n'était pas venu la voir dans sa chambre, mais il avait pensé à s'occuper de son véhicule. En bas, l'hôtesse lui tendit une grande enveloppe marron où elle trouva les clefs de sa mini et une carte de visite de l'endroit où elle était censée la récupérer. Le garage automobile se trouvait avenue de la porte d'Asnières.

- On a laissé autre chose pour vous aussi tout à l'heure, lui siffla-t-elle en lui donnant une autre enveloppe, blanche et brillante cette fois.

Gabrielle l'ouvrit et rougit, celle-ci contenait un message calligraphié à l'écriture raffinée :

Rendez-vous mercredi soir à 20 heures au Chalet du Lac pour un exquis dîner en tête à tête. Une voiture passera vous prendre à 19h15.

Il l'invitait. Elle n'aurait pas cru qu'il soit si galant. N'était-il pas marié ? Désormais dehors, Gabrielle était seule et maintenant elle se sentait perdue. La jeune femme ne savait pas comment rentrer chez elle et marcha au hasard du chemin. Elle était sortie du côté de l'ancienne préfecture de police et emprunta la rue de Lutèce. Arrivée au bout de la voie, elle se retrouva devant l'ancien Palais de Justice et comprit seulement alors que jusqu'à présent, elle avait fait fausse route. Elle n'avait pas d'homme dans sa vie et elle n'aurait certainement pas d'enfant. Elle aurait aimé mais c'était trop compliqué pour elle, voire impossible. Des aventures elle en avait eu, nombreuses même. Jamais rien de très sérieux, elle ne savait pas pourquoi, mais il y avait toujours quelque chose qui clochait. Elle voulait être aimée comme une femme, mais elle n'était que le faire-valoir d'amants toujours égoïstes et orgueilleux. Elle faisait bien leur affaire, belle et discrète, elle se cachait, cloitrée derrière leur aura masculine afin qu'ils brillent en société et fassent valoir leurs égo de coqs impétueux. Elle n'avait pas grand intérêt à intervenir dans les discussions, dès qu'elle ouvrait la bouche, l'intelligence de ses propos les mettait en colère. Elle s'était fait battre parfois, alors elle était restée seule même si elle était généreuse et qu'elle avait tant de choses à donner. Si ce n'était ce problème gynécologique qui l'envahissait régulièrement, Gabrielle aurait été heureuse, célibataire ou en couple. D'ailleurs, elle ne parlait jamais à personne de ses difficultés, elle gardait toujours tout pour elle. Elle souffrait, s'étant imaginée de ne pas mériter l'amour. Elle s'était fait une raison, son cœur, joyeux en apparence, mourait de désespoir, parfois il lui arrivait même d'envisager le pire. Certainement, c'était sa mélancolie qui finalement faisait fuir les hommes. A cause de cela, elle s'empêchait de bien vivre. A lui, saurait-elle lui dire ? Gabrielle rebroussa son chemin en longeant le quai des Orfèvres et se rappela que la bouche de métro la plus proche se trouvait de l'autre côté de la rive. Elle se perdit dans le flot de touristes qui cheminait vers la place du parvis de Notre Dame. La journée était lumineuse malgré le froid et le soleil vint ambrer ses joues marquées par la tiédeur de ses sanglots. Un clochard près d'un abri de bus lui bloqua le passage, il enflammait le regard des passants en chantant la beauté de Paris et les fastes révolus de la monarchie de Louis Le Grand. L'ivrogne puait la crasse et les relents d'alcool, il s'écroula sur le trottoir. Accrochée à ses pensées, Gabrielle l'enjamba et finit par traverser le Pont au Double pour quitter l'île de la Cité. Elle s'engouffra dans la première bouche de transport urbain qu'elle aperçut et répandit sa tristesse dans les méandres poisseux du tube parisien.

X

Leverick entra dans l'auditorium du Grand Palais où l'on recevait, à l'occasion de la première Biennale de Haute Joaillerie, de grands conférenciers. Lord William Wendsey était de la partie. Historien, spécialiste de la période victorienne, sa conférence débutait à quatorze heures trente. Il enseignait à la prestigieuse université de Kensington et sa famille possédait de grandes propriétés depuis plusieurs générations en Angleterre. Certains le disaient proche de la famille royale britannique.

Le capitaine observa l'assistance, la salle était bondée et il lui serait difficile de trouver une bonne place. Il s'étonna de voir qu'il était, mis à part le personnel de sécurité, le seul homme présent. Il n'y avait que des femmes dans la salle, des jeunes, des moins jeunes, des étudiantes et des retraitées, beaucoup de bourgeoises, quelques mégères et pas mal de journalistes. Pas une once de masculinité dans l'air. Ragaillardi, il s'avança vers l'assemblée avec allure, mais ses espoirs furent vite déchus. Un groupe de minettes à peine trentenaires trépignaient d'impatience en attendant l'intervention du professeur.

- Vous verrez, disait l'une, d'après ce que l'on m'a dit, cet homme est à tomber.

- Il est encore célibataire ? demanda une autre.

- Paraît-il, s'émoustilla-t-elle.

- Non, un peu de sérieux les filles, s'exclama une troisième ne vous emballez pas ; s'il n'est pas en couple à cette heure de sa vie, il est sûrement gay ! pouffa-t-elle.

- En tout cas, on a de quoi se rincer l'œil pendant deux heures, profitons-en, crièrent les autres en chœur.

Emmanuel leva les yeux au ciel et essaya de se frayer un chemin parmi toutes les groupies vers le seul siège disponible qu'il trouva. Il prit place à côté d'une grande brune de quarante-cinq ans, adepte de la chirurgie esthétique, qui ne l'inspira guère. Elle avait tout l'air d'être la correspondante d'un canard à deux sous et empestait le parfum. Espérant malgré tout attirer quelques regards sur lui-même, il réajusta avec nonchalance son col de chemise noire par-dessus son blaser à col montant avant de s'asseoir, en vain. Désappointé, il demanda à sa voisine de quel sujet traiterait la causerie et elle lui passa son programme avec dédain.

- N'oubliez pas de me le rendre, j'en ai besoin pour mon article, dit-elle en pinçant ses lèvres plastifiées.

Sarcastique, il lut à haute voix.

- *Aspérités et Archétypes de la Rose Mystique à travers les siècles* ; tout un programme, sourit-il.

Il siffla avec éloquence et certaines filles des premiers rangs se retournèrent offusquées de sa désinvolture, celles-là jouaient les saintes nitouches. Leverick les trouva certes mieux à son goût, mais phallocrate accompli, il ricana.

- Taisez-vous ! cria la brune.

Elle lui reprit avec force le livret, tandis que l'auditoire s'emplissait de claquements de mains intempestifs.

Lord William Wendsey fit son apparition. Une canne noire à la main, il monta sur l'estrade qui avait été aménagée pour l'occasion face au public. Il se déplaçait avec prestance, ce qui agaça Leverick. Il était au moins de sept ans son aîné, mais il avait les manières de cet amour courtois que les femmes aiment tant. Les bienséances n'avaient aucun secret pour lui et son flegme britannique ajoutait une pointe colorée à ce charme désuet. Il avait encore ce corps de mannequin dont elles rêvent toutes et ses cheveux d'un blond éclatant pour son âge tombaient en masse sur ses larges épaules. Ses lunettes fines et rectangulaires avaient l'éclat de l'émeraude et papillonnaient d'un geste charmeur vers les jeunes femmes du premier rang qui badinaient. Leverick se demanda ce qu'il devait lui envier, tant ces femmes semblaient toutes l'admirer. Il n'était ni plus ni moins qu'un dandy efféminé accoutré d'un costume vert ridicule en tissu écossais.

William Wendsey entama sa conférence au premier silence.

- Merci. Je vous remercie mesdames de l'attention que vous accordez à ma personne et j'espère que vous saurez apprécier mes qualités d'orateur et ma vision fine de la philosophie, engagea-t-il avec délectation.

Leverick bâilla bruyamment : en plus de cela, c'était un cuistre.

- Fort bien, je vois qu'il y a un homme dans l'assemblée, dit-il en s'adressant à Emmanuel. Vous comprendrez monsieur, qu'ici les misogynes sont exclus et que toutes les oreilles doivent avoir la meilleure des attentions. Je vous prierai de faire valoir vos qualités de gentleman, même si le sujet ne vous intéresse guère.

Emmanuel se surprit à rougir, toutes les femmes le regardaient à présent. Humilié par l'historien, il se tassa sur son siège sans réussir à cacher sa stature imposante. Avec hauteur, Wendsey dégagea sa gorge afin qu'un son clair s'y produise, puis toucha des doigts une tablette tactile. Sur l'écran derrière lui, apparut un tableau de Winterhalter.

- Revenons-en à notre propos du départ. Voyez-vous, mesdames, débuta-t-il en regardant son auditoire, cette huile sur toile représente l'impératrice Eugénie en compagnie de ses dames d'honneur en 1855. Le peintre officiel de Napoléon III a su mettre en valeur la grâce et la beauté des représentantes de la cour impériale avec une grande perfection.

Le capitaine remarqua que l'anglais maîtrisait la langue française à la perfection et son accent britannique était à peine audible. Le Lord poursuivit :

- L'une de ces demoiselles, à droite devant le massif de lilas, n'est ni plus ni moins que la princesse Victoria Adélaïde ou Vicky comme l'appelaient ses proches, fille aînée de la reine Victoria d'Angleterre. Elle porte autour de son cou la Rosa Mystica.

Il posa une nouvelle fois ses doigts sur l'écran numérique et une gravure de l'orfèvrerie remplaça l'œuvre de Winterhalter.

- Propriété des joyaux de la Couronne d'Angleterre, la Rose Mystique était un pendentif en vermeil à l'aspect satiné, pas beaucoup plus gros qu'une pièce de monnaie et léger comme une plume. L'attrait original de ce pendentif est qu'il a été conçu dans sa forme définitive au XIIème siècle, alors que la partie centrale date du Ier siècle avant Jésus-Christ. On suppose à l'heure actuelle, qu'il a été introduit en Angleterre après la dernière croisade.

Wendsey toussa sèchement avant d'approfondir son propos :

- Le cœur du pendentif, comme vous pouvez le voir, est une rose à cinq pétales, sculptée dans du bois d'olivier. La fleur encercle en son sein une croix ansée en nacre ; connue sous le nom de croix de vie égyptienne, elle symbolise la vie éternelle et le pouvoir. Le cerclage du bijou et la bélière en vermeil, parsemée de rubis, ont été réalisés beaucoup plus tardivement, certainement dans le but de protéger le pendentif d'origine. Malheureusement, lors des quadrilles du bal de Versailles en 1855, la Rose Mystique, portée par la princesse Vicky, fut volée et nul ne sait encore aujourd'hui où elle se trouve. Vous ne trouverez ainsi, pendant votre balade dans l'exposition, qu'une très bonne copie de ce dernier, fabriquée pour le plaisir de vos yeux et exceptionnellement pour cette première édition de la biennale de Haute Joaillerie, s'exclama-t-il de sa voix enjouée.

L'assemblée médusée par cet illustre conteur, écouta pendant plus d'une heure son discours grandiloquent dans lequel il exposait ses connaissances exponentielles sur les symboles de la Rosa Mystica à travers l'histoire de la famille royale britannique. Leverick, perdu dans ces dissonances hasardeuses, trouva le temps extrêmement long. Les minutes qui s'écoulèrent lui parurent interminables. A la fin de l'exposé, le professeur proposa de répondre à quelques questions.

La voisine de Leverick élancée et haut perchée, leva la main avec arrogance et demanda à être interrogée avec le plus grand des sérieux :

- Je suis journaliste, stipula-t-elle, en premier lieu. Ce que vous avez dit est fort intéressant, mais il semblerait que vous ayez omis de nous parler de la légende qui confère au pendentif une puissance ancestrale.

- Certaines personnes aiment faire couler beaucoup d'encre inutile sur leur paperasse, madame, et de nombreuses sornettes circulent au sujet de la Rose Mystique. Cela me paraîtrait inquiétant si vous racontiez ce genre de propos à votre public.

- Avec tout le respect que je vous dois monsieur, une source sûre m'a transmis les informations révélées dans les apocryphes, grimaça-t-elle avec mépris.

- Les apocryphes, répondit Wendsey avec une pointe d'énervement, ne sont ni reconnus par le Vatican, ni tolérés par la majorité des chercheurs. Votre source semble ignorer les provenances douteuses de ces textes.

Un léger silence vola sur l'assemblée mais, le sourire en bouche, le Lord continua :

- Sans doute que vous vous trompez de chemin madame, dit-il avec dédain, mais si vous avez quelconque information utile à nous transmettre, je vous laisse le soin de nous raconter cela brièvement, s'amusa-t-il.

La journaliste à peine honteuse de son ignorance, ne se démonta pas, malgré la pénitence dans laquelle elle s'était embourbée. Leverick sentit que c'était le genre de femme éternellement insatisfaite et qui avait besoin de se mettre en avant. Elle cherchait absolument à trouver des potins sulfureux pour son encadré peu ragoûtant.

Impétueuse, elle s'entêta :

- D'après la légende qui m'a été racontée, le pendentif a traversé les siècles depuis l'avènement du Christianisme et apporterait protection et bonheur aux femmes enceintes qui le portent. Sa force vitale chasserait les démons et protègerait le fœtus contre les mauvais esprits. Transmis par la lignée féminine de la Vierge Marie, le bijou aurait été caché après la crucifixion du Christ. Or, lors de la dernière croisade, l'esprit de Jésus amena Richard Cœur de Lion vers l'entrée du tombeau de Salomon afin qu'il retrouve le bijou et le ramène en Grande Bretagne pour protéger la descendance royale, lignée connectée à la parole divine. C'est pour cela que la Rose Mystique a été volée au XIXème siècle, beaucoup de personnes le convoitaient pour ce pouvoir et voulaient s'en emparer.

- Quelle imagination vous avez là, se moqua-t-il en caressant doucement sa fine barbe.

Pourtant, Wendsey semblait perdre quelque peu le sens de sa galanterie car son éloquence joviale perdit en contenance. Il serra discrètement les poings et blêmit légèrement, la journaliste avait fini par le mettre mal à l'aise. Il joignit ses mains devant son menton et à cet instant, sa voix plus consistante souligna son accent britannique qui était passé inaperçu jusque-là.

- *My little birdy*, scanda-t-il en la regardant avec froideur, je vais tout de même mettre en lumière quelques-unes de vos explications évasives, afin que vos futurs papiers éclairent quelque peu qui de droit, dit-il ; pour une fois vous ferez certainement mieux que vos piètres ragots.

Son pic fulgurant glaça l'auditoire dans un silence profond, mais le professeur se reprit et diffusa son sourire ravageur à travers la salle. Il avait retrouvé le sens de sa courtoisie naturelle.

- Ce qui à mon sens devrait être diffusé parmi vos lecteurs et internautes, c'est que dans toute légende, comme dans les dictons populaires, il y a somme toute une part de vérité, mais en aucun cas nous ne pouvons attribuer à la Rose Mystique un enchantement d'une quelconque nature. Les anciens avaient pour coutume de dire que la rose à cinq pétales, schématisée en un pentagramme, était la symbiose physique et psychique de l'âme.

Au premier rang, une étudiante aux dreadlocks leva la main et posa timidement une question.

- Si l'on écoute cette légende, tout porte à croire monsieur que la Rose Mystique est le Graal.

Leverick était aux anges, l'auditoire se mit à glapir et à jacasser de manière extravagante, toutes les femmes s'interrogeaient.

- J'allais y venir, un peu de calme Mesdames, dit Wendsey en joignant ses mains. Symboliquement, le pentagramme formé par la Rosa Mystica s'inscrit dans le bassin de chacune d'entre vous. Le petit bassin, scellé par le sacrum féminin est en forme de coupe, c'est le Graal qui crée la vie. Désolé de vous décevoir, mesdames, mais ce pouvoir auquel vous faites allusion, n'est autre que la maternité que vous portez ou porterez un jour en vous. Le bassin féminin est le réceptacle des connaissances de la création et nul homme ne pourra jamais le contrôler. La grossesse initiale est le don de soi à l'univers ou à Dieu si vous préférez. Toutes les femmes devraient en avoir pleinement conscience. C'est en cela que ce joyau royal est le Graal, c'est le symbole profond de la féminité. D'autre part, d'un point de vue matérialiste, vous soutiendrez toutes également que les bijoux se transmettent encore aujourd'hui de mère en fille, et il est donc fort probable que toutes les princesses de la lignée victorienne aient porté un jour la Rose Mystique lorsqu'elles étaient en âge de procréer. Sur le tableau de Winterhalter, la princesse Vicky n'était pas enceinte, car juste âgée de dix-sept ans et elle était à peine promise aux épousailles princières. C'est une certitude, cependant, que les demoiselles de bonnes familles étaient à l'époque bien chaperonnées. Comme vous le savez, Paris était au XIXème siècle la capitale de tous les plaisirs et il est fort possible que lors de son séjour en France, la jeune Vicky eut vent de ces sornettes de bonnes femmes pour la soustraire au désir de galanterie de nombreux hommes de la cour impériale.

Wendsey parcourut du regard l'assemblée jusqu'au dernier rang et posa avec froideur ses yeux dans ceux de la vulgaire grande brune.

- J'espère vous avoir suffisamment apporté d'éclaircissements, madame. Je vous saurai gré de ne pas faire part de vos réflexions incongrues dans votre article. Le débat est clos. Fin de la discussion.

Il salua d'un geste serein toute l'assistance qui se leva prestement pour l'acclamer :

- Vous trouverez près de la sortie une série de mes ouvrages en vente. Tous les bénéfices sont versés à ma fondation qui entreprend la restauration des lieux de culte en Europe et dans le monde. Nous avons actuellement un chantier à la Basilique de Saint-Denis et je vous remercie par avance de m'aider à contribuer à financer ces beaux projets.

Leverick se faufila rapidement vers le conférencier pour l'interroger, alors que les applaudissements envahissaient la salle. Le capitaine lui présenta discrètement sa carte de police pendant que la foule quittait les lieux. Wendsey le regarda avec suspicion, mais après qu'il eut signé quelques autographes, il lui fit signe de l'accompagner au calme derrière l'auditorium.

*

Le Lord avait entreposé ses effets personnels dans la salle Degas. C'était une petite pièce tapissée de velours rouge et décorée avec des reproductions de tableaux de l'artiste. Il entra le premier et posa sa canne en carbone contre le rebord d'une table et se dirigea sans boîter vers les toilettes attenant au vestiaire. Il demanda à Emmanuel de l'attendre quelques instants, en fin limier le policier se concentra activement sur sa tâche. Il sentait que la discussion risquait de mal tourner. Il fit quelques pas et observa l'objet que l'homme venait d'abandonner, l'attrapa lorsqu'il entendit le loquet du cabinet se fermer et souleva le pommeau, où un cadran solaire se dessinait. Il s'aperçut alors qu'il s'agissait d'une canne à épée. L'anglais pratiquait donc l'escrime.

L'eau coulait à côté, Wendsey se lavait les mains. Leverick reposa l'arme là où il l'avait trouvée et lorsqu'il le rejoignit quelques instants plus tard, Emmanuel fit mine de s'intéresser aux danseuses à tutus des tableaux exposés. Tout en s'essuyant les doigts avec du papier absorbant, William lança la discussion.

- Ces femmes étaient bien séduisantes. Certaines sont plus fiables et dociles que d'autres, n'est-ce-pas, dit-il en tapotant ses poignets d'un sourire évocateur ? Ce qui me chagrine voyez-vous, c'est qu'aujourd'hui, nombre d'entre elles ignorent la part sacrée de leur humanité. C'est bien dommage, elles ont oublié que Dieu est présent en chacun de nous.

Il leva les yeux au ciel et Leverick acquiesça poliment, les femmes qu'il fréquentait ne se souciaient guère de la spiritualité et il n'y portait pas trop d'intérêt non plus ces derniers temps. Dans sa détresse affective, il n'y avait pas de place pour la question divine et il préférait s'attarder sur les plaisirs charnels.

Wendsey jeta l'essuie tout à la poubelle et le policier nota qu'il portait une chevalière à l'index droit, mais visiblement elle s'était tournée et il ne réussit pas à voir si elle était gravée. Il continua à l'observer avec discrétion, pendant que l'homme rassemblait quelques affaires dans une mallette en cuir. Son costume qui lui paraissait ridicule une heure plus tôt, était en fait de grande qualité et fabriqué sur mesure. Son encolure cousue de plusieurs titres honorifiques portait notamment celui de l'ordre de la jarretière. Lord William Wendsey, du fait de sa haute éducation, se manifestait comme un être abstrait et illuminé, moins pédant qu'il n'y paraissait ; on voyait cheminer en lui cette lueur de charité des personnes de conscience ; même s'il n'était d'une manière ou d'une autre aucunement lié à cette enquête, Leverick perçut l'historien comme un rival à éliminer.

- Que puis-je pour vous cher capitaine ? demanda le Lord avec complaisance.

Leverick remarqua que l'aristocrate se remettait d'une rhinite car le bout de son nez desséché était encore un peu rouge à force de mouchages répétés. Il regarda la canne qui attendait son maître.

- Vous en avez réellement besoin ou est-ce une fantaisie de votre part ?

- Je note votre sens de l'observation, s'exclama William narquois.

Il virevolta jusqu'à la table, attrapa le pommeau d'or de la canne et se présenta en assaut devant lui sans sortir l'épée. Le bout du bâton s'appuya platement contre le torse de Leverick qui recula. Il sut dès cet instant que ce lord british se jouait de lui.

- Bête accident d'escrime il y a quelques années. J'en ai gardé une profonde cicatrice sur le côté de ma cuisse gauche. Cependant, j'ai retrouvé la quasi-totalité de mes fonctions motrices malgré les billevesées de certains médecins. Elle me rassure les jours où la douleur se réveille à cause de l'humidité, poursuivit-il en jouant fluettement à l'épée. Cependant cher capitaine, que me vaut cette entrevue ? Vous ne venez pas là uniquement pour m'interroger au sujet de ma santé, n'est-ce-pas ?

Le gentilhomme le taquinait et Leverick quoique gêné par cette familiarité singulière se prit à son jeu. Il lui restait quelques rudiments d'escrime appris au lycée et il bondit vers l'avant feintant une pointe avec son bras droit qui s'abattit tel un fleuret contre la canne.

- J'enquête au sujet de la mort de Lucien Landroze, le diacre massacré samedi dernier, dit-il en attrapant le bâton vigoureusement avec la paume de sa main.

Wendsey, l'air offusqué, rabattit brusquement l'objet contre lui et se dressa en retour de garde, soucieux qu'il ne démasque sa petite mascarade.

- Pourquoi diable vous adressez-vous à moi ? Je ne suis en aucun cas impliqué dans cette affaire. Je ne suis ni un terroriste, ni un vendeur d'armes, répondit Wendsey d'un cri suraigu.

Irrité, il s'agita et se dirigea vers la porte pour congédier le policier. Sa voix venait à nouveau de lui faire défaut en perdant l'intonation placide et si singulière qui le caractérisait. La contrariété lui faisait perdre la maîtrise de ses cordes vocales et comme tout à l'heure avec la journaliste, l'inflexion de sa parole prosaïque devint plus irrégulière. Le Lord s'emporta d'une ardeur équivoque et lâcha quelques jurons en anglais.

- Mister Leverick, je ne tiens pas à répondre à vos questions sans la présence de mon avocat. Ce n'est pas convenable pour un gentilhomme de mon rang.

Il le salua d'une révérence grandiloquente et Leverick se raidit. Ce pince-sans-rire excentrique se moquait de lui depuis le premier instant où ils s'étaient parlé et de par sa fonction, le capitaine se devait de garder son sang-froid. De ce fait, il ne lui tint pas rigueur de cette fourberie et lui imposa son autorité de représentant de l'ordre.

- Non, non. Ne vous méprenez pas cher Lord, je ne tiens pas à vous interpeller, rudoya-t-il. J'ai quelques indices qui indiquent une toute autre voie à cette enquête et j'ai besoin de vos compétences pour avancer. J'ai fait quelques recherches ce matin à la bibliothèque François Mitterrand et je suis tombé sur une affiche concernant votre conférence.

Le britannique s'aperçut que le policier contenait ses nerfs et s'en amusa.

- Je vois, dit-il en caressant sa barbe blondissante, vous vous êtes dit que curieusement mon personnage pourrait vous aider à résoudre quelques énigmes de Sherlock Holmes.

- Oui d'une certaine manière, concéda Leverick en serrant les dents.

- Fort bien, je vous accorde quelques courtes minutes, dit-il. Il regarda sa montre. On organise une petite réception d'accueil en mon honneur et je suis attendu dans une dizaine de minutes.

Wendsey proposa poliment à Leverick de s'asseoir mais le policier déclina l'offre et resta debout. Il se servit tranquillement de l'eau d'une carafe qui était posée sur la table et s'assit sur un des sièges.

- Auriez-vous déjà eu connaissance d'une confrérie du nom de Rosa Crux qui s'intéresse tout particulièrement à cette Rose Mystique dont vous venez de nous parler ? interrogea-t-il.

- Mon cher monsieur Leverick, vous avez beaucoup de talent, mais vos connaissances en latin sont médiocres. Wendsey ricana et se moqua cette fois ouvertement de lui. Vous devez certainement vouloir me faire part de l'ordre Rosae Crucis, c'est-à-dire de l'ordre de la Rose Croix.

Leverick était vert de rage, mais retint une nouvelle fois son agacement. Il continua :

- C'est exact, pourriez-vous m'en dire un peu plus à ce sujet, monsieur Wendsey ?

- D'après la légende, la Rose Mystique était transmise de génération en génération aux femmes dignitaires de l'ordre, mais tout ceci n'est que fabulette comme une grande partie des absurdités que cette journaliste a proférées. Il n'y a à ce jour aucun lien direct établi entre la Rose Mystique et l'Ordre de la Rose-Croix.

Un silence s'établit entre eux. Le nanti continuait à le regarder avec ironie ; le capitaine bien décidé à en savoir plus, ferma le tiroir de ses émotions.

- J'ai trouvé chez la victime, un anneau avec une inscription gravée à l'intérieur et fort de mes hypothèses, je me demande s'il existe un lien avec cet ordre des Rose Croix.
- Fort bien ; et quelle est cette inscription, sourit Wendsey ?
- ECREVIC- 20-05-70.
- Une écrevisse, comme c'est étrange ! J'allais en pêcher avec mon père quand j'étais petit dans les ruisseaux. Il y en a beaucoup dans ma campagne anglaise, elles sont beaucoup plus goûteuses que celles des élevages français. Toutefois, il y a à Paris un très bon restaurant réputé pour ses mets à base d'écrevisses, demain soir, j'y emmène d'ailleurs une délicieuse jeune femme.

Wendsey se délectait d'avance des plaisirs que sa soirée allait lui procurer et se frotta les mains.

- C'est très curieux ce que vous me présentez là cher monsieur. Les chiffres semblent correspondre à une date, mais j'ai beaucoup de mal à entrevoir le lien avec les Rosicruciens dont vous me parlez. Laissez-moi réfléchir un instant.

Il se gratta la tête, continuant ses grotesques clowneries, exaspérant encore plus Emmanuel qui avait très envie de le frapper, mais celui-ci se contint une nouvelle fois.

- Détendez-vous, voyons, cher capitaine. Si j'étais vous je ne prendrais pas les choses tant à cœur, mais plutôt avec philosophie. Les écrevisses marchent à reculons n'est-ce-pas ? Peut-être que dans votre enquête un secret de famille est jalousement gardé depuis très longtemps ? C'est un bon mobile pour tuer une personne gênante. C'est fort possible que ce soit à vous de découvrir la personne à qui l'on cache ce passé ? J'ai bien l'intuition que votre enquête a un lien très étroit avec cette personne, qu'elle soit homme ou femme.
- Pourriez-vous être plus précis ? De quel secret s'agirait-il ?

- Par pitié ! L'aigle ne chasse point les mouches, mister Leverick. A vous de trouver ces réponses.

Lord Wendsey se leva et s'indigna. Il avait déjà trop de retard. Il embarqua toutes ses affaires et se faufila à travers la porte sans que Leverick puisse prendre le temps de le saluer. Le policier en avait les bras coupés, ce furibond de l'esprit s'était donné en spectacle volontairement du début à la fin de leur entrevue. Il se retourna dans son envolée et chantonna une dernière phrase :

- Don't forget the rose, mister Leverick. God save always the Queen!

XI

36, rue du Bastion, mercredi 15 novembre 2017

Emmanuel était assis devant son écran depuis deux bonnes heures sans pouvoir écrire trois mots. Il tournait en rond sur son siège, ruminait, et ressassait sa rage. Il fulminait de colère car il venait d'être démis de l'enquête alors qu'il était certain d'avoir trouvé une bonne piste. La veille au soir, Olivieric avait lu le rapport d'autopsie et donné à Mallandre l'ordre de transmettre le dossier en intégralité à la DGSI.

Quand Emmanuel avait débarqué au 36 ce matin, son chef l'interpella de suite car il ne lui avait toujours pas remis son procès-verbal. Le capitaine lui avait expliqué que ses recherches au sujet de la bague n'avaient rien donné et il était resté très évasif à propos de la conférence de Lord Wendsey :

- C'est dingue ce que l'on peut faire avaler à certaines bonnes femmes, juste avec un peu de bagou. Non, crois-moi, il faut vraiment écarter cet indice de l'enquête, lui avait-il dit.

- Bon, tu t'occuperas quand même d'ajouter ces informations au dossier et tâche de tout rassembler pour midi car je vois Olivieric et Morteau. Fais vite car j'aimerais éviter les remontrances sur la manière dont je gère mon équipe.

Le commandant sortit de son bureau en claquant la porte et le laissa digérer cette mauvaise nouvelle. Maintenant, le policier devait nécessairement terminer son rapport et il ne lui restait approximativement qu'une grosse heure et demie pour le faire.

Il tenta de masser ses longs doigts fins pour se détendre et s'étira de tout côté, mais rien n'y faisait. Depuis qu'il était sorti du Grand Palais, toute la fureur contenue dans son estomac noircissait ses intestins et il avait été incapable d'avaler quoi que ce soit aux deux derniers repas.

Ce Lord Wendsey était d'une extrême loufoquerie et même s'il lui avait expliqué quelques faits, il lui avait caché l'essentiel. Avec toutes les jacasseries déplaisantes auxquelles il avait eu droit, Leverick éprouvait encore des difficultés à cerner ce curieux personnage et il se demandait si le bonhomme avait fait exprès de lui cacher sottement son jeu ou si au contraire il s'était comporté de la sorte pour qu'il le démasque. Emmanuel réfléchit quelques secondes devant cette incertitude qui le tourmentait, il tourna sur son siège en se vidant l'esprit pour essayer de se rappeler ses moindres faits et gestes durant leur conversation. Wendsey était membre de l'ordre de la Rose Croix ; il n'y avait pas de doute à avoir là-dessus ; pendant leur combat de coqs, sa chevalière s'était correctement positionnée de nouveau et Leverick y avait vu ce même symbole de la rose dessiné dans les revues de la bibliothèque nationale qu'il avait consulté. Le policier s'inclina devant sa propre idiotie et ricana. Les rosicruciens n'étaient pas le genre de personnes à divulguer leur identité, mais ce rosi-comique là, visiblement, avait vraiment tout fait pour le lui faire comprendre et Leverick devait trouver quel rôle il s'accordait dans cette affaire.

Agacé, il attrapa d'un geste brusque Le Parisien qui traînait sur son bureau. Les médias divulguaient aujourd'hui l'identité de la victime et une énorme photo de Lucien Landroze en tenue cléricale miroitait à côté des gros titres du quotidien. S'ensuivaient dans les deux pages suivantes des articles sur la flamme du soldat inconnu et la laïcité bafouée dans ce crime contre l'état.

Il chiffonna grossièrement le canard et le jeta à la poubelle avant de parcourir les réseaux sociaux sur son téléphone. On ne parlait encore que d'elle, cette flamme qui aurait été à deux doigts de s'éteindre et qui était un symbole puissant de la patrie. Les gens avaient peur, ils ne sortaient plus, ne riaient plus. Ils s'enfermaient et se confinaient pour protéger leur liberté qui palpitait au moindre doute.

Finalement, Emmanuel Leverick s'octroya une grande respiration et décida de broder son rapport en une heure. Il sut à l'instant qu'il jouait avec le feu, mais il ne voyait pas d'autre issue que de continuer seul. Tant pis, il n'avait pas le choix, son instinct le guidait dans cette direction. Il posa son mobile et fit cliqueter ses doigts sur le clavier de son ordinateur pour écrire quelques lignes. Il savait désormais qu'ils avaient tous tort et que ce crime était une grande mascarade qui cachait autre chose, une chose troublante et mystérieuse qu'en loup solitaire, il se devait de découvrir. Faute de preuves concrètes, n'importe quel groupe obscurantiste pouvait revendiquer le crime et en cachant ce qu'il venait de découvrir, il donnait du fil à retordre à ses collègues. On l'avait mis au placard certes, mais il n'avait pas dit son dernier mot, cela lui donnerait un peu plus de temps pour poursuivre ses recherches. A un moment ou un autre, il trouverait bien le moyen de remettre l'alliance dans le circuit. Le capitaine prenait un gros risque, il en assumerait les conséquences, tant pis. Son orgueil le poussait à faire de cette enquête une affaire personnelle. Il conclut son dossier sans mentionner ses découvertes sur l'anneau et cette inscription mystérieuse, puis il transmit le procès-verbal à Mallandre par l'intranet. Dans son message, il lui expliquait que le dossier était complet et qu'il irait lui-même déposer l'objet pour sa mise en scellés. Mallandre avait tant confiance en lui qu'il ne vérifierait pas.

*

A midi dix, Emmanuel regarda sa montre. Dans vingt minutes, il était attendu au Wepler place de Clichy. Persuadé d'être sur la bonne voie, malgré l'égarement déontologique dans lequel il se noyait, il ressentit un soulagement intense et éteignit son poste de travail. Il se leva et s'approcha des stores fermés tandis que ses pas s'enfonçaient dans la moquette épaisse qui calfeutrait le moindre bruit. Il souleva une des lattes. Le temps était encore maussade. Au loin, il aperçut une mini Austin rouge qui s'engageait dans la grande avenue. Leverick sentit sa gorge se serrer, d'ici il ne voyait pas la plaque d'immatriculation et il n'était pas certain que ce soit elle.

Il avait eu envie de la revoir et malgré lui, l'avait appelée hier car elle était sortie de l'hôpital. Il prétexta qu'ils devaient se rencontrer pour compléter le constat à l'amiable alors qu'elle avait déjà récupéré sa voiture au garage de la porte d'Asnières et qu'il avait payé la totalité des frais. Pour paraître crédible, il avait été d'une rudesse choquante au téléphone et l'avait presque insultée lorsqu'il lui annonça que nécessairement ils devaient couper la poire en deux parce que les réparations des deux véhicules lui avaient coûté au final les yeux de la tête. Surprise, Gabrielle avait été singulièrement décontenancée par cette animosité. Elle s'excusa de ne pas avoir compris la situation pendant qu'il poursuivait de plus belle sa plaidoirie cinglante. Pour couronner le tout, il l'a somma de ne pas faire d'histoires et de ne pas arriver en retard au rendez-vous car il n'avait pas que cela à faire. La jeune femme écouta sans broncher les multiples reproches qu'il avait vociférés et avec du recul, il s'en voulait d'avoir été aussi loin. La fin de leur conversation fut troublante. Elle lui demanda d'une voix sincère s'il comptait quand même l'emmener dîner le lendemain soir comme prévu, suivit alors un silence confus comme si elle souhaitait quelque chose et qu'il ne comprenait pas ce qu'elle attendait de lui. Il la salua et raccrocha sans répondre à sa question.

Leverick hocha la tête, elle l'intriguait plus que tout, lorsqu'il avait lu le rapport du médecin légiste ce matin, l'évidence lui était enfin sautée au nez. Landroze. Cette fille s'appelait Landroze. Elle portait le même nom que Lucien. Pourquoi n'avait-il pas fait le rapprochement plus tôt ? Il se demandait par quel hasard le destin l'avait mise sur sa route ? Désormais il était indispensable qu'il l'interroge, mais avec prudence pour ne pas éveiller de soupçons. D'ailleurs, Gabrielle Landroze avait certainement vu les nouvelles du jour, il faudrait qu'il prenne le soin d'en savoir plus sur elle.

Avant de la rejoindre, le capitaine ouvrit la fenêtre pour aérer la pièce pendant son absence. La moquette sentait encore trop à son goût le polypropylène et si cela ne tenait qu'à lui, il aurait fait enlever ce nid à acariens et à moisissures. Il se gratta le nez et enroula son écharpe noire autour de son cou puis attrapa son blaser au passage. Emmanuel sortit du Bastion à grandes enjambées et courut jusqu'au métro comme un gamin. Trois stations plus tard, il se trompa d'issue tant la foule y était nombreuse, puis engagé dans la rue d'Amsterdam, il rebroussa chemin, traversa une place Clichy complétement engorgée par les véhicules parisiens. A la fin de son périple, finalement, il fit un arrêt à côté d'un marchand Pakistanais qui faisait cuire des marrons chauds dans une sorte de grosse marmite noire sordide et crasseuse. Le bonhomme lui tendit un cornet fumant qu'il refusa.

Il regarda la façade imposante du Wepler et se ressaisit. Il avait préféré choisir cette brasserie huppée et guindée plutôt que le kebab du quartier. Le capitaine se devait de garder ses distances avec la jeune femme, mais curieusement il était plutôt d'humeur à essayer de lui plaire pour changer des gourgandines qu'il avait fréquentées dans les parages ces dernières semaines.

Il entra et regarda discrètement pour voir si Gabrielle était arrivée. Il l'aperçut au fond du restaurant, elle l'attendait sur une banquette rouge dans le fond de la salle. Elle croyait cacher ses courbes fines dans une robe fluide, mais ses rondeurs sobres et délicates s'y dessinaient dans une douceur féminine exquise. Sa présence semblait si précieuse et embaumait les lieux. Le regard absent, elle était perdue dans le naufrage de ses pensées et ne le remarqua pas. Il sortit ses cigarettes et siffla bêtement en agitant son paquet. Il lui fit signe qu'il voulait en griller une avant de rentrer. Elle semblait affectée de le voir et décroisa les jambes. Il lui sourit et elle se leva pour mettre son manteau.

Quand elle le retrouva dehors sur le trottoir, Emmanuel fumait déjà du coin de la bouche. Emmitouflée dans son épaisse cape de laine, elle s'approcha du radiateur d'extérieur en tendant ses mains pour se réchauffer. Elle accepta la cigarette qu'il lui proposa, après deux grosses bouffées silencieuses, ils conversèrent enfin.

- C'est vraiment un exercice difficile que de se garer dans Paris, je n'ai pas eu trop le choix que de trouver une place à l'entrée du boulevard des Batignolles devant un magasin de vêtements où un clochard détestable m'a insultée, commença-t-elle.

Emmanuel ne parut pas étonné par ses propos.

- Vous deviez le gêner. Il y a quelques collègues en planque dans le quartier, certains ont coutume d'être aussi réalistes que les véritables sans domicile fixe, l'odeur avec, cela va de soi.

Gabrielle le chercha du regard un instant, mais il n'avait pas l'air d'humeur à poursuivre sur le sujet. Ses sourcils bruns s'érigeaient avec force sur l'encadrement de son visage et accentuaient l'aspect taciturne qui l'habitait à ce moment. Elle osa tout de même une escarmouche.

- J'ai bien cru que vous étiez encore fâché contre moi, dit-elle en tapotant la cendre toxique au-dessus d'un gros pot de fleurs sablonneux empli de mégots.

- J'ai arrêté de fumer il y a deux mois. Apparemment cela ne me réussit pas. Hier, j'ai décidé d'acheter un paquet, répondit-il platement.

- Je vois bien, je ne me suis pas encore essayée à cet exercice difficile, ajouta-t-elle en maintenant son col en fausse fourrure de sa main droite.

- Je devrais y arriver, je ne suis pas un fumeur invétéré. J'ai commencé par hasard il y a deux ans, ce n'est juste pas le moment.

- Oh ! De ce côté-là, je ne suis pas un exemple. C'est ma mère qui m'a initiée à l'âge de seize ans, gloussa-t-elle sottement.

Leverick, peu enclin aux niaiseries, détourna à son tour la discussion.

- Que vous ont dit les médecins ?

- Je risque de souffrir du dos pendant quelques semaines, mais cela devrait rentrer dans l'ordre. J'ai hâte de reprendre le travail, souligna-t-elle.

- Ma sœur est très reconnaissante pour ce que vous avez fait. Elle m'a dit que le petit était en pleine forme, il s'appelle Nicolo.

- Votre sœur, balbutia Gabrielle ?

- Oui, Sarah ma petite sœur. Je suis de trois ans son aîné. Aujourd'hui son mari doit les ramener à la maison.

A cet instant, les volutes de fumée dessinaient autour d'eux une alcôve bienveillante. Une brise passagère vint coller une mèche de cheveux sur le visage de Gabrielle et Emmanuel se

95

hasarda à la lui replacer derrière l'oreille. Les mots se turent et ils se dévisagèrent. Le capitaine se noya dans la profondeur de ses beaux yeux énigmatiques, puis regarda sa bouche. Ses lèvres étaient de la couleur d'un coquelicot de printemps et elle ne portait pas de gloss. C'était une fille simple et naturelle, malgré les apparences, l'air hautain qu'elle arborait au premier abord n'était autre que le masque de sa grande fragilité. Ils s'approchèrent l'un de l'autre, poussés par trois autres personnes qui s'agglutinèrent à côté d'eux et du chauffage pour fumer. Ils se touchèrent et leur rythme cardiaque s'accéléra. Une odeur subtile de fleur d'oranger se mêla aux effluves de nicotine et caressa les narines du capitaine. Gabrielle Landroze était-elle cette flamme jumelle qu'il cherchait depuis si longtemps ? L'émoi qui le saisit foudroya son cœur au plus fort de son être, mais peu disposé à recueillir cet amour foudroyant, son cerveau figea son corps de glace.

- Etes-vous en couple, demanda-t-elle timidement en observant ses longs doigts ?

- Non, affirma-t-il sans chaleur.

Emmanuel sentit que la discussion tournait à la papillonnerie adulescente. Il devait y mettre fin et se concentrer sur ce qui l'amenait ici. Il se recula, poussa à son tour l'un des trois fumeurs qui gênait le passage et jeta sa cigarette sur le bitume.

- Rentrons maintenant, voulez-vous.

Il lui tourna le dos. Rouge de honte, elle termina la sienne avant de l'écraser dans l'énorme cendrier et le retrouva dans la brasserie pendant qu'il commandait au bar. Elle choisit de s'installer au même endroit qu'auparavant car ils n'étaient pas loin des commodités. Médusée par sa rustrerie, elle se déshabilla et attendit qu'il la rejoigne. Le policier arriva quelques minutes après et s'assit sur la chaise en face d'elle. Il avait commandé pour eux deux assiettes de charcuterie aveyronnaise, entrée servie quotidiennement à la carte dans ce style de brasserie. Gabrielle était végétarienne et elle aurait préféré qu'il lui demande son avis.

- On nous apportera du café tout à l'heure, dit-il.

96

- Je vous remercie, mais je ne bois que du thé vert, voyez-vous, lui suggéra-t-elle poliment.

- Vous ferez exception pour cette fois, je n'ai pas beaucoup de temps à vous consacrer, je dois bientôt y retourner. Ce repas sur le pouce nous suffira amplement aujourd'hui.

Un serveur dégarni et pas très agréable vint leur déposer rapidement les assiettes sur la table et repartit sans même leur adresser un mot. Désappointée, la jeune femme regarda son compagnon ténébreux enfiler son repas à toute allure. Elle tenta d'avaler une bouchée de fricandeau, mais l'odeur du porc frais la rebuta. Elle se servit de l'eau, absorba timidement le liquide et décida d'attendre de rentrer chez elle pour déjeuner.

Elle sortit de son sac à main le constat soigneusement plié qu'elle avait préparé et qu'elle posa avec délicatesse sur la table face à lui et attendit. Une fois qu'il eut terminé, Leverick caressa le papier comme pour sentir sa douceur subtile. Les émanations de fleur d'oranger qui s'en dégageaient marquèrent encore une fois son esprit. Il fronça les sourcils, soucieux de masquer son trouble et parcourut le feuillet rapidement l'air satisfait.

- Parfait, nous enverrons cela à nos assurances respectives.

Il attrapa le stylo qu'elle lui tendait mais il continua la conversation plutôt que de signer.

- Qu'avez-vous fait dans la journée de vendredi dernier avant l'accident ?

- Pas grand-chose, j'étais de repos. Pourquoi cette question ?

- Avez-vous regardé les médias ce matin ?

- Les informations demanda-t-elle vaguement ? Elle n'osa pas lui avouer qu'elle avait passé la soirée à se faire du souci à propos de leur rencontre et que cela l'avait empêchée de se lever tôt car elle s'était endormie au plein cœur de la nuit. Levée sur le tard, elle n'avait pas eu le temps ne serait-ce que d'écouter la radio.

- C'est à dire que j'étais occupée à tout autre chose, bredouilla-t-elle. Y a-t-il eu du nouveau à propos du crime de l'Arc de Triomphe ?

- Il semblerait que la victime soit quelqu'un de votre famille, argumenta le policier.

Gabrielle s'étonna bouche bée, murée dans un silence d'incompréhension. Le flic fit mine de ne pas s'en apercevoir. Il la fixa et sans sourciller, il lui scanda l'information sans douceur.

- Il s'agirait de votre oncle Lucien.

Stupéfaite Gabrielle perdit son sang-froid, se leva poings serrés et cria.

- Oncle Lucien ! Je pensais que c'était lui qui était venu me voir à l'hôpital ! Nous étions sans nouvelles de lui depuis des années. Comment a-t-il pu venir me voir s'il était déjà mort ?

Autour d'eux, des clients se retournèrent, intrigués par l'agitation de cette grande gamine. Touché par tant d'émotion, Emmanuel aida Gabrielle à se rasseoir et s'installa à côté d'elle sur le siège.

- Connaissez-vous cette personne ?

Il lui montra une photo qu'il avait trouvée dans l'appartement du diacre, beaucoup plus agréable à regarder que les photos prises sur les lieux du crime.

- Oui, certainement c'est lui, il ressemble beaucoup à mon père, mais il faudrait qu'il vous confirme cela. J'étais très jeune quand il a disparu, je ne l'ai pas connu.

Sa frayeur se transforma en tristesse et elle pâlit aussi sombre que les matins de l'hiver. Le policier se désola de la voir aussi troublée.

- Nous n'avons pas réussi à joindre d'autres personnes de votre famille. Navré de vous apprendre cela si brutalement.

- Mes parents sont partis en vacances, je crois qu'ils rentrent la semaine prochaine. Il vous sera possible de les interroger à ce moment. De plus, ma grand-mère n'a pas de téléphone portable et à son âge, elle ne répond plus aux numéros inconnus sur le fixe.

Gabrielle haussa les épaules et souffla de désarroi.

- Je ne comprends toujours pas qui est cette personne qui m'a rendu visite à l'hôpital. Est-ce-vous ?

- Non, je n'ai fait que rendre vos effets personnels à l'hôtesse d'accueil, l'enquête m'a demandé tout mon temps. Peut-être avez-vous quelques amis qui étaient au courant ? Vous devriez les appeler.

- Je n'ai pas beaucoup d'amis. J'ai commencé mon travail il y a deux semaines à la clinique de la Muette. A vrai dire, je viens juste de m'installer dans le quartier des Batignolles. J'habitais à Marcq-en-Barœul dans le Nord de la France. Paris est si grand qu'il me faudra des semaines pour rencontrer des personnes de confiance.

Elle s'empourpra, engluée dans ses remords de ne pas être autant à l'aise avec les autres qu'elle l'aurait souhaité. L'éducation parentale l'avait toujours contrainte à maintenir un écart certain dans ses relations aux autres, notamment avec les hommes, et puis il y avait ce problème qui la poursuivait et la poursuivrait toujours. D'une manière générale, elle ne savait pas s'y prendre et se faisait des films grandiloquents sur les intentions d'autrui.

Leverick remarqua son trouble. Il la sentait si distante et si proche de lui à la fois. Gabrielle Landroze, prisonnière dans son palais intérieur, lui semblait aussi inaccessible que l'éternité, mais il ne lui avait pas facilité la tâche ; avec lui, elle ne savait pas sur quel pied danser.

Il toussa, espérant rompre son mutisme. Elle ne décrocha pas, puis soudain, alors qu'il s'apprêtait à se lever, il se pencha vers elle pour entendre. Sa voix chuchotait.

- Pourriez-vous m'aider, capitaine ? Cet homme qui est venu me voir, a prétendu à l'infirmière que ma mère était morte. Elle m'a dit qu'il lui avait montré une photo de moi petite avec une femme. Comment est-ce-possible ?

- L'infirmière vous a-t-elle donné la photo ?

- Non, tout ce que j'ai cru comprendre c'est que je devais y être âgée de quatre ou cinq ans.

- C'est peut-être un leurre. Il est fort possible que cela ne soit pas vous, assura-t-il.

Gabrielle lui attrapa le poignet et l'enserra fortement.

- Non, elle paraissait si sûre de ma ressemblance avec la dame de la photographie. Tout cela m'effraie beaucoup capitaine !
- C'est curieux en effet. Ne vous inquiétez pas. Rentrez chez vous et je vais voir ce que je peux faire de mon côté.

Rassurée, Gabrielle relâcha sa prise tandis que son visage reprenait quelques couleurs.

- En ce qui concerne le constat et les réparations, je vous dois quelque chose ?
- Laissons cela de côté pour le moment. Attendez-moi, je vais décommander les cafés et je vous raccompagne jusqu'à votre voiture.

Leverick attrapa le papier, le glissa dans sa poche et l'abandonna quelques minutes avec elle-même. Il lui avait menti, rien ne l'attendait pour le moment au bureau. Il n'arrivait pas encore à trouver le lien entre tous les éléments, cela était très confus. Décidé à poursuivre l'enquête de son côté, il savait qu'il devait coûte que coûte la suivre et veiller sur elle. Il paya la note au bar et décida de lui offrir une crêpe chez Georges, le vendeur ambulant qui, entre le Wepler et le cinéma Pathé, offrait des sourires gratifiants aux passants à travers ses lunettes aussi rondes que l'étaient son corps et sa tête.

XII

Ce n'était pas un taxi qui vint la chercher au 172, de la rue Cardinet. Le quartier où vivait Gabrielle était bruyant, même en journée, et elle était obligée de regarder par la fenêtre pour scruter l'arrivée du véhicule qui devait l'emmener dîner. Il est vrai toutefois, qu'elle aimait profiter de cet emplacement privilégié en plein cœur des Batignolles avec son marché et ses boutiques très en vogue : elle se plaisait à flâner dans la rue Legendre le soir quand elle revenait du travail. Près de l'école élémentaire du même nom, on trouvait de petites librairies et de nombreuses boutiques qui transformaient une virée shopping en moments de délectation, loin de la foule et des touristes des grands magasins de Paris. Le parc Martin Luther King étant à deux pas, les jours de repos, elle pouvait s'y balader pour profiter de la verdure.

Tout en terminant de se préparer, la jeune femme regardait fréquemment vers l'extérieur depuis dix bonnes minutes et elle venait de voir une limousine blanche garée en double file devant la Rosa Dei Venti, le restaurant italien au-dessus duquel elle habitait. A présent, elle était sûre qu'il ne s'agissait pas d'une invitation du capitaine Leverick. Le Chalet du Lac était de très bon standing et bien noté sur les réseaux sociaux. Gabrielle avait nécessairement choisi une robe de taffetas noir qui soulignait parfaitement le contour de ses reins et s'était appliquée à enrubanner ses cheveux fins dans un bun bon marché que l'on trouvait partout dans le commerce, mais qui la transformait sans fard en diva du soir. Maintenant qu'elle le connaissait, elle savait qu'il n'aurait pas eu la délicatesse de l'emmener dans ce genre d'endroit, non, Emmanuel n'était pas de nature romantique et ses manières étaient loin d'être agréables. Il avait beau être séduisant, son caractère de goujat était extrêmement déplaisant. Elle avait suffisamment réfléchi, elle n'arriverait pas à s'y faire. Encore une fois, elle risquait de se faire piéger.

Son cœur s'emportait trop devant lui, elle éviterait de le revoir et essayerait de trouver une autre personne pour l'aider à comprendre cette sordide histoire qui lui arrivait. Elle eut à peine le temps d'enfiler son manteau que l'on toquait déjà à la porte. Il était dix-neuf heures. Gabrielle crispa ses lèvres, la limousine était donc bien pour elle. Elle se regarda une dernière fois dans le miroir avant d'ouvrir et replaça une mèche de cheveux indésirable.

- Miss Landroze, sourit l'homme quand elle entrebâilla la porte.

Elle s'avança sur le perron pour le saluer, c'est alors qu'il s'agenouilla et lui attrapa délicatement la main gauche en plissant singulièrement le front. Le cœur de Gabrielle reçut une charge électrique puissante lorsqu'il lui baisa les doigts. Elle frissonna de bien être, ravie d'être ainsi courtisée par un si bel inconnu.

- Quel honneur de vous rencontrer, vous ressemblez tant à votre mère. Vous êtes aussi charmante que je me l'étais imaginé.

Surprise de la bonté galante qui animait cet inconnu, Gabrielle répondit.

- Qui êtes-vous ?

- Lord William Wendsey, un lointain parent de la famille. Toutes mes condoléances, j'ai lu les dernières nouvelles ce matin dans le journal. C'est bien triste que de savoir votre oncle loin de vous désormais, concéda-t-il avec bienveillance.

- Votre voix me paraît familière, d'où venez-vous ?

- Je suis de passage dans votre capitale, certaines affaires m'y attendaient. Je me suis dit qu'il serait bon que je renoue avec les liens du passé. Voyez-vous, j'ai entrepris depuis peu la reconstitution de mon arbre généalogique et c'est en retrouvant la trace de Lucien Landroze que je vous ai retrouvée. Quel miracle d'ailleurs, dois-je vous dire !

Prenant appui sur sa canne, William se redressa, ajusta ses manches d'une façon extrêmement sophistiquée et la flatta de nouveau.

- Cette robe de soirée est tout à fait appropriée pour notre escapade nocturne. Je savais que vous feriez preuve de coquetterie, mais là je suis comblé.

Gabrielle rougit confusément et tira sur sa robe, ses jambes vacillaient. Elle n'avait jamais rencontré de personne aussi distinguée. Il avait les attraits des gentlemens du début du siècle dernier, ses valeurs et ses manières reflétaient une époque révolue, mais son magnétisme était si puissant que Gabrielle se sentait aussi vulnérable qu'une jeune première. Elle se reprit pour se concentrer sur les propos qu'il venait de tenir afin de tenter une réponse appropriée.

- Pourriez-vous m'en dire un peu plus ? suggéra-t-elle avec timidité.

- Nous avons toute la soirée pour cela my Birdy. Suivez-moi je vous prie, notre chauffeur nous attend en bas.

Gabrielle attrapa son sac et ferma la porte à toute vitesse. Lord Wendsey appela l'ascenseur, enleva ses gants noirs avec un rare concentré d'élégance masculine, puis il lui tendit le bras pour l'accompagner. Dehors, quelques badauds s'étaient regroupés autour du véhicule. Ils les contournèrent par la chaussée et s'engouffrèrent dans la somptueuse voiture.

*

Ils ne commencèrent aucune discussion pendant le trajet, mais ne se quittèrent pas des yeux. Gabrielle profita de ce moment exquis où elle se laissa conduire auprès de l'homme le plus improbable de la Terre, pensa-t-elle dans l'instant. Qui diable était-il ? Leur lien de parenté s'affirmait-il être exact ? Elle crut comprendre que le Lord connaissait assez bien le chauffeur car ils plaisantèrent un instant au sujet des joueurs de football de leurs équipes nationales respectives. L'un était croate et l'autre britannique. De gabarits identiques, de loin, on aurait presque pu les confondre, mais le conducteur avait le teint un peu plus mat. Il s'avérait également être un piètre dandy face à ce beau William qui la subjuguait ; quoique son accent anglais soit à peine audible lorsqu'il parlait français, ses manières de prince britannique se répandaient à ciel ouvert à qui voulait bien les observer.

Il était divin. Elle se demanda si elle faisait fausse route, peut-être n'aimait-il point les femmes ? Lorsqu'ils arrivèrent au pied du restaurant, on leur ouvrit la portière. Lord Wendsey sortit le premier et aida ensuite fort habilement Gabrielle à se relever. La jeune femme déjà conquise, s'embrasa lorsqu'il observa ses chevilles avec concupiscence.

- Loïc est une personne charmante, il viendra nous rechercher après le dîner. Je fais régulièrement appel à ses services lorsque je suis en déplacement à Paris, il possède une petite entreprise de location de véhicules de toutes sortes, mais la filière de luxe est la plus florissante d'après lui. Allons-y, dit-il en lui emboîtant le pas, notre table est réservée.

Ils s'approchèrent de l'entrée du restaurant tandis que la limousine s'éloignait de la bordure d'accès et franchirent le seuil pour pénétrer dans le hall. Gabrielle admira le style Art Déco du lieu avec délectation, un carrelage somptueux tapissait l'entrée principale bordée de boiseries anciennes, tandis qu'un parquet en bois de chêne couvrait le sol de trois grandes salles de réception. Une verrière surplombait un joli parc arborescent et d'après ce qu'elle avait pu entrevoir à l'extérieur dans les lueurs de la nuit, il devait être de bon ton au printemps de déjeuner sur la terrasse pour humer les saveurs florales de saison. Sur un des murs, elle remarqua des photographies des thés dansants du week-end où l'orchestre animait des après-midis festifs pour les clients du dimanche qui se pavanaient sur une piste de danse dominée par une coupole dorée.

William s'enchanta de son enthousiasme.

- Nous sommes ici dans un ancien pavillon de chasse de Napoléon III, n'est-ce-pas plaisant de sentir l'âme de ce lieu étonnant ? Certes des évènements de toutes sortes y sont organisés depuis le début du siècle dernier, mais ce qui prévaut ici, ce sont les succulents plats aux écrevisses. Je nous ai fait préparer un menu spécial, vous ne serez pas déçue.

Ils furent conduits dans une alcôve à l'abri des regards indiscrets. La table était déjà dressée et un magnifique bouquet de lys blancs l'ornementaient. Wendsey aida la jeune femme à défaire son manteau et lui présenta la chaise afin qu'elle s'asseye. Le menu était posé sur son assiette, il était rédigé avec la même écriture déliée que le carton d'invitation qu'elle avait reçu en sortant de l'hôpital.

Sucrine façon César
Croustillants d'écrevisses au basilic,
Coulis d'épinard, chutney de mangue,
Vacherin litchis framboises, chantilly à la rose

Lord Wendsey sourit avec gourmandise.

- Je suis fin connaisseur de ces crustacés voyez-vous et je tenais à vous faire partager ma passion, j'espère que ceci vous conviendra. Il n'y aura pas de vos succulents fromages car je prends soin de ma ligne, toutefois, j'ai commandé spécialement pour vous, un vin exceptionnel.

- Je serai ravie d'y goûter. A vrai dire, je suis végétarienne et je ne mange pas de viande. Je m'autorise quelquefois des poissons et des fruits de mer car les protéines végétales ne couvrent pas tous les besoins de l'organisme.

- C'est évidemment moins raffiné que le homard, mais faites-moi confiance, ici nous trouvons les meilleures écrevisses à pattes blanches de la capitale. Ils se fournissent dans les eaux douces non polluées du sud-ouest de la France, de l'Irlande et de la Grande Bretagne. Je suis certain que vous allez apprécier ce plat délicieux.

- Je ne saurai comment vous prouver ma reconnaissance, avec tout le mal que vous vous êtes donné pour organiser ce dîner, prononça Gabrielle avec complaisance.

Wendsey prit alors un air plus grave, son visage et sa voix s'assombrirent.

- Les ruisseaux du Somerset, où j'ai grandi, étaient gorgés d'écrevisses et le weekend je partais avec mon défunt grand-père à cette pêche attrayante. Puisse l'amour de Dieu lui rendre hommage car il m'a transmis avec bonté son expérience de la vie et son savoir-faire.

Il se tut un instant et joignit ses mains en prière. Son front se plissa de la même manière que lorsqu'il s'était agenouillé une heure plus tôt, puis son regard s'illumina de nouveau avec bienfaisance. Gabrielle admira cette piété éloquente qui l'animait.

- Connaissez-vous le syndrome de l'écrevisse mademoiselle Landroze ? grimaça-t-il avec beaucoup de sérieux.

- Sont-elles parfois malades ? suggéra Gabrielle gentiment sans cerner le sens de la question.

- Il ne s'agit pas de cela, vous vous égarez lourdement.

Dès lors, il fronça les sourcils, chuchota et la belle se rapprocha pour entendre.

- Les jeunes écrevisses s'accrochent aux pattes de leurs mères comme des sangsues. Elles ont beau faire de leur mieux, il est très difficile pour elles de trouver leur indépendance. Le lien qui unit une mère à sa fille est éternel et qu'elles le veuillent ou non, elles seront toujours unies.

Il s'éclaircit la gorge et posa un regard affûté sur la jeune femme avec insistance.

- Vous entendez vous bien avec votre mère Gabrielle ?

- Ma mère ? C'est à dire qu'il y a des hauts et des bas comme pour tout le monde je suppose, balbutia-t-elle.

- Si mes souvenirs sont bons, vos parents tiennent une grande officine dans la banlieue lilloise.

- C'est exact.

- Vous avez peur de manquer malgré l'abondance, n'est-ce pas ? Que manque-t-il dans votre vie Gabrielle pour que vous soyez si effrayée ?

Gabrielle Landroze rougit de toute la honte qu'elle portait en elle. Elle se sentit jugée au plus profond de sa féminité. Cependant, elle se surprit à renchérir par une autre question.
- Il n'est pas possible de rompre avec sa lignée maternelle. Comment font-elles pour survivre ?
- Rappelez-vous Gabrielle. L'écrevisse n'aime pas la lumière de midi, elle se déplace à reculons en repliant sa queue. Cela doit vous faire songer à un retour dans le passé. Réfléchissez-y, nous en rediscuterons un peu plus tard.
On leur servit du vin et ils y firent honneur, puis on leur apporta l'entrée et ensuite le plat principal. Intimidée par ce qui ressemblait fort à une leçon de morale, Gabrielle fut d'humeur moins claironnante pendant le repas et lorsqu'il fallut manger les écrevisses, elle les observa avec curiosité. Le Lord ne sembla pas tenir rigueur de son curieux silence et dégusta ses mets avec un fervent ravissement libertin. L'alcool aidant, elle finit par se détendre et ne put s'empêcher de poser cette question qui lui brûlait la langue depuis maintenant deux bonnes heures.
- Pourriez-vous me préciser plus clairement, William, notre lien de parenté ?
- Si cela peut vous rassurer, nos liens du sang sont suffisamment éloignés. D'ailleurs, considérez-moi plutôt comme un ami. Il fut un temps où j'ai été très proche de votre oncle et de votre tante, plus que tout autre chose.
Gabrielle s'étonna. Il lui paraissait difficile de croire que ce gentilhomme était aussi âgé que des personnes de cette génération d'après-guerre. Il est certain, qu' elle ne les avait pas connus, cependant son compagnon de table semblait quand même relativement plus jeune. Elle embraya sur une autre question.
- Avez-vous cette photo de moi que vous avez montré à l'infirmière ?
- Oui, mais vous la verrez plus tard *my little Birdy* car elle est restée chez moi, murmura-t-il ironique.
Vexée, elle s'indigna.

- Pourquoi avez-vous dit à l'infirmière que ma mère était morte ? Vous saviez très bien qu'elle vit toujours avec mon père.

- Cette dame a certainement mal compris. Votre oncle Lucien m'a donné la seule photo de vous qu'il avait. Hélas, il m'a expliqué qu'il avait coupé les ponts avec votre père.

- C'est vrai. Nous ne savions même pas qu'il habitait encore Clichy La Garenne. Il s'était clochardisé après la mort de ma tante et n'avait plus de domicile fixe, c'est pour cela que mon père n'avait plus de nouvelles. Nous ne savions pas où le trouver, mais en emménageant à Paris, j'avais espoir de le retrouver.

- Je comprends mieux la situation maintenant, admit William avec gravité.

- Le fait est que mes parents seront très surpris quand ils apprendront que Lucien secondait le prêtre de sa paroisse.

- En quelle mesure cela devrait-il leur poser un problème ? demanda-t-il sceptique.

- Ma grand-mère paternelle a insisté pour que je suive mon catéchisme car elle est très croyante, mais dans la famille de ma mère, la majorité des gens sont athées. Les catholiques pratiquants sont vus comme des sots instrumentalisés par l'église.

- C'est affligeant, j'en suis sincèrement navré pour vous. Grâce au ciel, la Reine d'Angleterre protège les Britanniques de ces affabulations, s'exclama-t-il, cette perte des connaissances christiques est navrante dans votre pays, croyez-moi, vous courrez à votre perte.

Peu encline à aborder le sujet des choses religieuses, Gabrielle lui posa une dernière question.

- Comment avez-vous fait pour me retrouver ?

- J'ai prié pardi, le hasard fait également bien les choses. Lucien avait gardé l'adresse de vos parents. Aujourd'hui cela n'est pas si compliqué, quelques recherches et quelques indices m'ont amené sur la bonne voie. Cela n'était pas si simple, votre oncle a su brouiller les pistes, il n'avait pas de téléphone portable et on ne le retrouvait sur aucun réseau social.

- Je souhaite que vous m'aidiez, dit-elle. Ce matin, le policier en charge de l'enquête avait l'air très inquiet à propos de cette affaire.

- Ne vous inquiétez pas, effectivement ce cher monsieur Leverick n'a pas l'air de bien comprendre toute la situation, mais il fait bien son travail. Je vous aiderai à résoudre les énigmes de votre passé.

On leur apporta le dessert, Gabrielle n'en avait jamais goûté d'aussi exquis. Tout en finesse, la chantilly s'évaporait en bouche, tandis que la meringue du vacherin craquait tout en douceur, avant de se transformer en sucre dans le fond du palais. La jeune femme se réjouissait de cette délectation. Quelques minutes plus tard, Wendsey fit signe au serveur afin de régler l'addition. Il paraissait pressé d'en terminer et refusa de consommer une dernière boisson chaude ou un quelconque digestif.

- Souhaiteriez-vous venir voir cette photo ? Je pourrais vous la donner si cela vous enchante de m'accompagner à mon domicile parisien.

Gabrielle, ravie de terminer la soirée en sa compagnie, s'enthousiasma de cette offre si galante. Ils quittèrent le restaurant non pas en se tenant le bras comme à l'arrivée mais en se donnant la main.

*

Lord William Wendsey emmena Gabrielle dans son hôtel particulier du 69, Boulevard Saint-James à Neuilly sur Seine. Loïc, le chauffeur, les déposa devant une grande demeure aux briques rouges de style victorien comme on peut en trouver dans le quartier attenant au marché Windsor, non loin du jardin d'acclimatation. William appréciait sa demeure parisienne bien qu'il n'y séjournât qu'une à deux fois l'an. Ils gravirent les quelques marches du perron, bordées de rosiers dénudés qu'il avait fait couvrir pour l'hiver, avant de s'immerger dans une vaste entrée lumineuse. Gabrielle se délectait des manières délicates et savoureuses de ce bel anglais et avalait ses paroles aux douces notes de chocolat amer. La finesse de sa voix embaumait son esprit, son savoir de la langue française était sublimement parfait et sans nul doute, il parlait mieux le français que toutes les personnes parmi ses connaissances. Il avait un savoir vivre hors du commun et elle s'étonnait encore que le hasard de sa vie lui permette de rencontrer ce personnage si séduisant et si cultivé.

Un aquarium gigantesque traversait le grand corridor de la maison et se profilait jusque dans un séjour de quatre-vingts mètres carrés aux tonalités blanches et turquoises. Un tuyau transparent grésillait le long de la paroi de verre et assainissait le bassin en permanence. Le regard de Gabrielle glissa un instant à travers la paroi bleutée. A l'intérieur, des écrevisses aux pattes blanches se promenaient à pas feutrés sur un lit de sable rocailleux. Leur couleur variait du bronze au gris et certaines d'entre elles se paraient d'une carapace vermillon. Il y en avait des dizaines. Quel homme étrange ! Sa passion pour les crustacés d'eau douce le poursuit jusque chez lui, pensa-t-elle. Elle se passa une main dans la nuque, enleva son chignon pour se détendre et se garda bien de lui faire part de cette réflexion. Il lui fit faire le tour de la résidence et elle se laissa mener par le charme de son hôte, doucement éprise et flattée par l'humeur enivrante de cette soirée. Ils allèrent jusque dans la bibliothèque où s'étalaient des livres anciens, les uns à côté des autres dans une étagère en acajou de quinze mètres de long. Ils s'approchèrent du bureau imposant, la jeune femme voyait flou, elle ne savait plus très bien si cela provenait de l'alcool qu'elle avait ingurgité ou de ses douleurs aux cervicales. William alla chercher des documents dans son coffre-fort et il insista pour qu'elle les lise, mais elle n'était pas en mesure de le faire.

-Ma mie, il s'agit de documents très rares. Ma famille a hérité de lettres manuscrites de la Reine Victoria et des feuillets originaux de son journal intime. Vous ne devriez pas rater cette occasion unique de vous cultiver.

Sur ces mots, William se répandit en un rire jovial et déposa la pochette reliée contenant la correspondance de la souveraine sur le meuble devant lui. Il ne savait plus où il avait rangé la photo, lui aussi semblait ivre. Il chercha dans les recoins des tiroirs en vain. D'humeur charnelle, il plaisanta avec elle et lui proposa de continuer leur escapade nocturne dans la maisonnée. Ils traversèrent de nouveau le long corridor et retournèrent dans le séjour au-dessus duquel il y avait une mezzanine où se trouvait une visiblement une chambre.

-Attendez-moi là-haut, my birdy. Je vais nous allumer un feu et nous monter de quoi boire pour terminer cette merveilleuse soirée.

Effectivement, il ne faisait pas très chaud dans la maison, lorsqu'elle parvint à l'étage, Gabrielle s'étendit sur le sofa en cuir blanc, tandis qu'il tentait d'embraser l'âtre. William jubilait. Il venait de retrouver la photo dans sa poche et fit mine de la jeter au feu en guise de plaisanterie.

-Non, vous m'aviez promis de me la montrer, supplia la jeune femme, montrez-là s'il-vous-plaît.

Lord Wendsey gravit l'escalier avec zèle pour la rejoindre. L'odeur de son parfum masculin délicat exaltait Gabrielle et elle respira l'haleine chaude de Wendsey avec volupté lorsqu'il se rapprocha d'elle. Il y avait une attirance entre eux, leur passion ne chercherait pas longtemps à résister. Taquin, il se faisait désirer et cachait toujours la photographie. Il prétendit également avoir retrouvé le chapeau de Lucien et fit volte-face quand elle essaya de l'embrasser. Il préférait d'abord lui montrer le couvre-chef de son oncle qui était dans sa chambre.

Un chapeau de feutre marron était bien là, posé sur le rebord du lit. Assorti à la coquette décoration d'intérieure, ce dernier était proprement recouvert d'un édredon beige tendre et n'attendait que d'être défait. Wendsey attrapa d'un geste l'illustre ornement, affirma qu'il était orné de plumes de grue cendrée et de grande aigrette et le balança à l'autre bout de la pièce. Gabrielle n'entendit ses paroles que dans un écho sourd comme si on lui avait enfoui la tête contre deux oreillers. Lasse d'excitation, elle fut prise de faiblesse et s'accrocha à la commode pour ne pas succomber.

Très sereinement, Wendsey la prit dans ses bras et fit glisser en toute délicatesse les bretelles de sa robe, elle se laissa emporter dans un débordement de joie. Il posa une de ses mains sur sa poitrine et flatta son corps de femme étourdi par ses caresses. Il l'enlaça. Gabrielle ferma les yeux et se laissa aller à ce désir contenu qui l'envahissait depuis plusieurs heures déjà.

*

Gabrielle hurla. D'un bond, elle se réveilla, haletante et la gorge sèche. Des idées étranges tourbillonnaient dans sa tête, venait-elle encore de faire un de ces rêves qui la hantaient ? Elle ne savait pas si elle était éveillée ou endormie. Que se passait-il donc ? Elle avait chaud, trop chaud. Son corps engourdi somnolait et ses membres étaient lourds, même sa bouche paraissait avoir triplé de volume. Elle devait se lever mais cela lui parut être un effort insurmontable. Elle s'assit difficilement sur le rebord du matelas, le tronc courbé et la nuque entre les deux paumes. Elle bouillonnait et elle avait mal. Elle pouvait à peine entrouvrir les yeux, car une douleur atroce martelait ses paupières gonflées et se propageait du haut de son crâne jusque dans le bas de sa moelle épinière. Une hystérie frénétique était en train de la prendre et son cœur battait à toute allure. Elle vit qu'elle était nue, elle eût peur de mourir. C'est là qu'elle sentit l'épaisse fumée suffocante qui envahissait l'atmosphère autour du lit où elle se trouvait. Ses pieds ankylosés se déposèrent sur le tapis de laine et à travers les fibres, le plancher était brûlant. Avec peine, elle parvint à se hisser sur ses jambes. Elle réussit enfin à ouvrir les yeux. Le halo de fumée glissait dans la chambre par le garde-corps de la mezzanine et se répandait dans la pièce. Une lumière rougeâtre se diffusait sur le sol, Gabrielle entendit un crépitement. Elle attrapa le drap pour se protéger et avança à tâtons, se rappelant à présent les évènements de la veille. William, les écrevisses, le baiser. Elle comprit alors qu'il y avait le feu et qu'un incendie ravageait la maison de Lord Wendsey.

-William ? William, où êtes-vous ?

Aucune réponse. Elle ne se souvenait plus de ce qui c'était passé après leur étreinte sulfureuse. Avaient-ils fait l'amour ou s'était-elle juste endormie auprès de lui ? Elle avait certainement trop bu, mais l'alcool ne pouvait pas atteindre sa mémoire à ce point ? Sa nudité parlait pour elle, cependant elle ne se souvenait de rien. C'était le néant total. La jeune femme n'avait plus de repère ni de temps ni d'espace et, ne sachant plus exactement comment elle avait bien pu parvenir à cette situation, elle appela l'étranger désespérément.

-William ! William !

Personne ne réagit encore une fois, elle était seule et devait sortir de cet enfer suffocant au plus vite. Elle serra sa gorge pour atteindre les escaliers car cela sentait le soufre. Des flammes incandescentes débordaient de la cheminée, gagnaient du terrain dans le salon et commençaient à se diffuser sur les marches. Gabrielle aperçut alors quelqu'un devant le foyer. Il était habillé avec une chasuble rouge pourpre brodée d'une croix et d'une rose. Il courut ensuite jusqu'à l'accès qui menait à la bibliothèque et revint quelques instants plus tard avec une pochette. Elle crut reconnaître le porte-document qui contenait les lettres de la Reine Victoria. C'était William, il la regarda à travers les nuages noirs et déchira un des papiers qui se transforma en une poussière noire incandescente. Sarcastique, il cria :

- Jamais tu ne sauras la vérité Gabrielle, si tu veux mourir en enfer, c'est ton problème. Moi, je veux vivre en paix et finir ma vie au paradis.

Dans un élan de folie, il lança dans les flammes toute la correspondance qu'il transportait mais une étincelle jaillit et embrasa son vêtement. Il se roula sur le sol emporté dans sa douleur par le mal brûlant qui l'assaillait et le consumait.

Au loin, Gabrielle entendit les hurlements de la sirène des pompiers. Elle ne savait pas si elle pourrait rester en vie jusqu'à ce qu'ils arrivent. L'accès par le bas était désormais infranchissable, l'incendie était trop ardent. Elle rebroussa chemin pour la chambre, elle suffoquait et s'allongea sur le sol. Le feu gagnait du terrain et se répandait à l'étage. Des braises éclaboussèrent le plancher et brûlèrent les pointes des longs cheveux de Gabrielle. Canalisant toutes ses forces, elle essaya de ramper, mais elle n'arrivait plus à respirer et s'égosilla en appelant à l'aide avant de s'évanouir. Par miracle, une détonation surgit de l'extérieur et les vitres de la fenêtre volèrent en éclat. Quelqu'un avait entendu son cri. A la vitesse d'un léopard agile, Emmanuel Leverick enjamba la corniche, couvrit de son écharpe la tête de la jeune femme pour éteindre le brasier qui approchait de son crâne et la sauva. Sa vie s'était jouée à quelques secondes près.

Deuxième partie

L'espérance est reine de liberté, elle attise le feu sauvage de la vie et aide les âmes les plus faibles à croire en un monde meilleur.

Anne De Rosalys

XIII

Clichy La Garenne, Mardi 7 août 2018

Lorsqu'elle toqua pour la première fois chez la vieille Natacha Bideltayme, Gabrielle ne se doutait pas qu'une amitié profonde et sincère allait naître entre elles deux. Emmanuel lui avait maintes fois recommandé de s'en méfier et c'est pourquoi la jeune femme traversait toujours le couloir avec discrétion pour éviter de la rencontrer, mais aujourd'hui, elle avait décidé qu'il n'y avait aucune raison qu'elle se laisse embobiner par cette dame juste pour un peu d'herbes fraîches qui lui manquait dans la préparation de sa salade estivale. Natacha Bideltayme était la voisine de palier d'Emmanuel et il lui avait affirmé que c'était une folle extravagante qui s'amusait à vivre de l'on ne sait quelle profession étrange. Elle était astro-généalogiste et son cabinet donnait dans le fond de la petite cour intérieure du 46, boulevard Jean Jaurès, à côté de l'entreprise de chauffage. En ce début de soirée, la septuagénaire était remontée au troisième étage, après avoir prodigué de multiples soins énergétiques toute la journée. Elle louait son appartement pour une somme raisonnable au propriétaire de l'immeuble et elle coulait des jours heureux avec son chat Alfred. Elle aimait arroser les géraniums rouges qui ornaient ses petites balconnières et profiter du rosier grimpant du muret mitoyen. Le week-end elle partait se ressourcer dans sa petite maison de campagne à une heure de Paris pour s'évader de la morosité citadine.

Grâce à son don de clairvoyance, Madame Bideltayme aidait ses patients à percer les secrets de famille qui hantaient leur existence ; même si nombre d'entre-eux essayaient cette thérapie en dernier recours et arrivaient avec une grande suspicion à la première séance, ils lui en étaient plutôt reconnaissants car ils guérissaient rapidement des maladies psychosomatiques qui les rongeaient. Natacha Bideltayme se décrivait comme une fée du XXIème siècle et rabattait

117

rapidement le clapet à ceux qui la qualifiaient de sorcière. Bien évidemment, Emmanuel Leverick appartenait à ce genre de personnes qui ne croyaient pas à ces sornettes, il s'était enfui dès qu'elle avait voulu discuter avec lui de son énergie karmique et depuis il lui en voulait toujours un peu d'avoir essayé de déranger son esprit avec de telles sornettes.

Ce soir-là, Natacha vint ouvrir dès qu'elle entendit la sonnette. Un peignoir de soie à fleurs violettes sur les épaules, elle sortait de sa douche car de fines gouttelettes perlaient encore sur son cou délicatement ridé. D'un âge certain, elle se teignait les cheveux en roux et l'on commençait à apercevoir les racines blanches de sa tignasse naturelle. Elle avait perdu avec les années les petites taches de rousseur qui agrémentaient ses joues, mais gardait encore de grands yeux éclatants et vivaces.

- Que puis-je faire pour vous, mademoiselle ? lui demanda-t-elle gentiment en ouvrant la porte.

- Bonjour madame. Je suis Gabrielle, l'amie de votre voisin. Il doit rentrer à la maison après plusieurs journées d'astreinte et j'aimerais lui préparer un petit repas romantique. Il me manque un peu de feuilles de basilic pour mes tomates mozzarella ; est-ce que vous en auriez un peu d'avance à me donner ?

La grande dame allongea son cou pour la dévisager.

- C'est donc vous que j'aperçois dans la cour depuis la fenêtre de mon bureau ! s'étonna-t-elle dans un râlement aigu. Il n'avait ramené personne ici depuis fort longtemps ! Malheureusement, nous n'avons que l'habitude d'échanger les formalités de politesse avec monsieur Leverick car il est toujours très désagréable avec Alfred.

Le ton de sa voix était revêche et Gabrielle retint sa respiration. Elle ne savait quoi répondre de peur de la froisser. Natacha sourit avec bienveillance et continua la conversation avec douceur.

- Ceci dit, je suis enchantée de vous rencontrer Gabrielle. Vous semblez charmante, cette robe blanche à rayures bleues est tout à fait à mon goût et à vrai dire, je le trouve plus joyeux maintenant qu'il vous fréquente. Son travail lui apporte tant de soucis et il semblait si taciturne il y a encore un an de cela.

Gabrielle était soulagée et reprit son souffle. Les deux femmes entendirent un grincement. L'énorme chat noir angora passa par l'entrebâillement de la porte et vint se glisser entre les pieds de l'astrologue. Il ronronnait et cherchait à se faire caresser. Elle l'attrapa pour le cajoler dans ses bras comme un enfant.

- Alfred est un chat ingénieux, il sait toujours quand je reçois des hôtes de marque. J'espère que vous n'êtes pas allergique ? Monsieur Leverick éternue à chaque fois qu'il le voit. Je crois bien en fait qu'il le déteste, s'indigna-t-elle en secouant la tête.

- Si vous n'avez pas de quoi me dépanner, ce n'est pas grave, je vais faire un saut sur la place du marché. Je crois qu'à cette heure, le maraîcher est encore ouvert, rougit Gabrielle honteusement.

- J'ai tout ce qu'il faut en magasin, mademoiselle. Rentrez, s'il vous plaît.

Natacha ferma derrière elles et ajouta.

- J'en ai acheté un pot en début de semaine car j'ai eu le sentiment que cela m'allait être utile. La vie est parfois faite de coïncidences surprenantes, vous ne trouvez pas ?

La sage-femme acquiesça et la suivit dans son intérieur douillet. Les persiennes étaient mi-closes pour garder une température suffisamment fraîche. Dans le salon, le mobilier était succinct et hétéroclite, toutefois Gabrielle s'y plut tout de suite car la couleur bleue prédominante était très apaisante. Son regard s'arrêta sur une statuette de glaise que la vieille dame avait façonnée, elle aimait les arts décoratifs et son appartement était rempli de divers objets peints ou chinés dans les brocantes. Natacha posa Alfred dans son panier en rotin et attrapa ses lunettes en métal violet qui étaient rangées sur une étagère, puis piétina élégamment jusque dans sa cuisine. Gabrielle l'entendit ouvrir une fenêtre qu'elle referma presque aussitôt.

- Voudriez-vous prendre une boisson rafraîchissante ? J'ai fait une petite citronnade qui n'est pas trop amère, appela-t-elle au loin.

- Je vous remercie mais je dois rentrer, Emmanuel ne devrait plus tarder maintenant.

La voyante revenait déjà avec trois branches des aromates disposés en botte, deux verres et une carafe remplie de glaçons ; elle déposa le plateau sur une table basse en bois exotique où il y avait une boule de cristal.

- Il attendra, ne vous en faites pas, vous êtes à deux pas. Une jeune femme belle comme vous ne s'envole pas comme un courant d'air lorsqu'elle rencontre son prince charmant, dit-elle le sourire au coin des lèvres.

Surprise, Gabrielle s'esclaffa avec gaieté.

- Oui c'est certain, je suis plutôt du genre à m'agripper.

- Il ne sait pas encore la chance qu'il a, souligna Natacha. Il n'est pas d'un abord très romantique, cependant je suis persuadée que vous êtes l'élue de son cœur.

Elle versa de la citronnade dans les deux verres et elles burent chacune une gorgée.

- Vous savez, je suis beaucoup moins mégère que ce qu'il vous prétend.

- Il est charmant quand on sait le prendre, répondit Gabrielle en piquant un fard.

- Ne vous en faites pas pour moi, cela n'est pas grave du tout. Le capitaine Leverick n'a pas encore bien compris de quelle manière l'on devait agir avec les femmes. Cela ne devrait plus tarder maintenant qu'il vous a dans sa vie.

- C'est à dire que je ne connais pas encore la teneur exacte de notre relation, il est très discret sur ses sentiments. J'aimerais bien que notre engagement soit plus prometteur.

- C'est certain, vous devriez lui en parler. J'ai cru comprendre qu'il avait quelques égarements de ce côté-là. Regardons d'un peu plus près, voulez-vous ?

Natacha Bideltayme prit un des poignets de Gabrielle entre ses longs doigts fins. Leurs mains survolèrent la boule de cristal au rythme de petits cercles concentriques, puis la paume de Gabrielle se déposa sur l'objet couleur de lune. Le visage de l'astrologue s'embruma, elle marmonna un son à peine audible et ferma les yeux. Au bout de quelques instants, elle sursauta et blêmit, puis elle rouvrit les paupières. Ses pupilles miroitaient et son regard fascinant scintillait d'étoiles, elle était en transe.

- Avez-vous parlé à monsieur Leverick de votre problème de fertilité ?

- Pas encore, s'émerveilla la jeune femme. Comment êtes-vous au courant ?

- Mon bon vieil instinct de femme sauvage ne me fait jamais défaut, je ressens un grand vide énergétique dans votre féminité. Votre vagin est un antre de tristesse.

- Voyez-vous autre chose ? interrogea-t-elle.

Natacha secoua une nouvelle fois la tête de mécontentement, son teint commençait à retrouver une teinte plus rosée et elle parut sortir de son étrange hypnose.

- Ma pauvre enfant, vous avez oublié qui vous étiez et vous êtes perdue sur le chemin de cette vie terrestre. L'énergie christique est très présente chez vous. Il va falloir vous secouer un petit peu désormais et trouver votre route.

Elle s'arrêta de parler quelques secondes, puis poursuivit.

- Dites-moi, vous aviez les cheveux longs, il y a encore peu ?

- Oui, j'ai été obligée de les couper car ils ont brûlé lors de l'incendie qui a failli me coûter la vie.

- Ah, je vois, réagit la vieille dame. Profitez de la fin de l'été pour les faire repousser et continuez à vous asperger de parfum à la fleur d'oranger, cela est vital pour vous.

Perplexe, Gabrielle se pinça les lèvres.

- En ce qui concerne mes soucis de féminité, que me conseillez-vous ?

Natacha replia quelques peu ses épaules sur elle-même, elle n'était pas certaine d'être suffisamment pédagogue et rassurante.

- Le cœur des hommes et des femmes est souvent enfermé dans une coque à cause de leur blessure d'abandon. C'est leur mental qui crée cette protection pour se protéger du manque d'amour parental. Votre coque est moins dure que celle de monsieur Leverick, mais elle doit s'ouvrir avec douceur, sinon vous souffrirez tous les deux. Soyez patiente avec lui, un jour il saura vous combler.

La Bideltayme regarda sa grande horloge murale, il était presque vingt heures. Elle attrapa le fagot de basilic qui était posé sur le plateau et le tendit à Gabrielle.

- Allez mon petit, il est temps pour vous de rentrer. Vous avez des tomates mozzarella à préparer. Revenez me voir dès que vous en éprouverez le besoin.

Les deux voisines marchèrent l'une derrière l'autre pour rejoindre l'entrée, la jeune femme paraissait bouleversée de cette conversation pour le moins extraordinaire et l'astro-généalogiste essaya de l'apaiser.

- Ne vous en faites pas ma belle, tout rentrera bientôt dans l'ordre. N'oubliez pas que vous êtes très importante pour votre famille ; le maillon fort se cache souvent sous l'effigie du faible.

Gabrielle glissa jusqu'au bout du couloir, où se situait le palier de l'appartement d'Emmanuel, en faisant flotter sa robe vaporeuse à rayures bleues. Elle la salua d'un geste timide et introduit sa clef dans le trou de serrure. Natacha Bideltayme referma sa porte avec précaution. Elle retourna dans son salon en serrant les dents d'inquiétude. Elle regarda son chat qui s'étirait de tout son flanc dans le panier et bâillait. Il ne tarderait pas à s'endormir.

- Par tous les anges, Alfred, que l'univers lui vienne en aide !

Natacha enleva ses lunettes d'une main et se frotta les yeux. Elle haussa les épaules de désappointement : avec ce qu'elle venait de voir, elle méritait bien elle aussi de se reposer un peu. Elle alla dans sa chambre pour enfiler sa tenue de nuit et décida de bénir quelques nouvelles semences qu'elle avait récolté le weekend précédent dans sa maison de campagne.

*

Gabrielle regardait par la fenêtre les nuages sombres qui emplissaient le ciel. Son cœur était aussi lourd que l'atmosphère orageuse qui circulait dans l'air ambiant. Le vent se levait et faisait claquer les volets de l'immeuble, il ne tarderait pas à pleuvoir.

Au loin, le tonnerre grondait et se mêlait au vacarme de l'avenue Jean-Jaurès. Son coquet dîner était tombé à l'eau et sa salade estivale à la mozzarella finissait de baigner dans l'assaisonnement au basilic qu'elle avait soigneusement préparé. Elle se laissait bercer par les caresses d'amertume qui l'envahissaient. Ses fines mèches de cheveux se collaient sur son visage alors que des larmes grossissaient ses pupilles humides. Elle n'avait plus du tout envie de finir la soirée avec Emmanuel et dès que l'orage serait passé, elle rentrerait dans sa petite location de la rue Cardinet. Elle sécha ses joues et se retourna dignement en rabattant les flancs de sa robe blanche à rayures. Elle n'était pas bien sûre d'avoir compris ce qu'il venait de lui dire et tendit à nouveau l'oreille. Il parlait sans discontinuer depuis qu'il était rentré de son bureau, une heure auparavant et n'arrêtait pas de gesticuler en fronçant les sourcils. Elle avait tenté de lui raconter sa conversation avec Natacha sans succès, il s'était encore plus emporté. Elle avait alors absorbé chacune de ses phrases, sans prononcer un mot, de crainte qu'il soit violent avec elle. Il était hors de lui. Elle ne le reconnaissait pas et ne l'avait jamais vu se comporter de la sorte. Ses yeux noirs lançaient des pics malveillants et il la toisait comme une impie.

- Tu me caches quelque-chose, qu'est-ce-que c'est ? Pourquoi es-tu si distante avec moi ! Je perds patience ! Dis-moi la vérité !

Gabrielle se rapprocha de la table qu'elle avait dressé une demi-heure auparavant pour ramasser la coupe de champagne qu'elle venait de casser. Soumise à ses mots, elle se courba et ramassa délicatement les morceaux de verre avant de les déposer dans la poubelle. Emmanuel était furibond et elle ne voulait pas lui répondre sous le pli de la détresse. Après être rentrée de chez Natacha Bideltayme, elle avait compris qu'il était grotesque de continuer à lui cacher ses problèmes de santé et la jeune femme s'était décidée à tout lui avouer. Elle savait que s'il l'aimait vraiment, il accepterait la situation. Ce n'était juste pas le moment, elle aurait préféré lui exposer dans d'autres circonstances. Emmanuel avait bu à la sortie du travail et c'était la première fois qu'elle le voyait ivre. Il s'arrêta de parler et la dévisagea amèrement. L'attrapant par les deux poignets, il l'accola contre le mur de la cuisine. Il ne supportait pas son silence puéril. Il l'enserra au point qu'elle ne puisse plus bouger. Gabrielle sentit des relents d'alcool lui parvenir jusqu'aux narines et bloqua sa respiration. Les tatouages dessinés sur ses biceps gonflés l'effrayèrent et alors qu'il serrait encore plus fort sa prise, elle hurla. Le capitaine relâcha son étreinte pour la jeter dans le canapé et s'effondra à côté d'elle. Secouée, elle inspirait par à-coups. Entre deux sanglots, ses côtes se vidèrent bruyamment du gaz carbonique qui s'évacuait de ses poumons. Son partenaire, plus qu'embarrassé, chercha à retrouver son sang-froid. Il lui avait dit qu'il n'avait jamais porté la main sur une femme, comment pourrait-elle le croire à présent ? Il se leva, avala une rasade d'eau minérale au goulot et revint vers elle.

Elle hoquetait et le repoussa.

- Qu'est-ce qui t'a pris ? dit-elle soudain avec une hargne qu'elle ne se connaissait pas.

- Il y a une ombre mystérieuse autour de toi, que me caches-tu, Gabrielle ?

- Laisse-moi du temps veux-tu ? s'écria-t-elle.

A son tour, elle sentit que son humeur s'envenimait.

- Wendsey s'est mal comporté avec toi, mais ça fait des mois maintenant, il est temps que tu oublies toute cette histoire, prononça Emmanuel avec un peu plus de douceur.

Le capitaine tenta de lui prendre la main, mais elle se réfugia contre l'accoudoir opposé.

- Je te l'ai expliqué. Tu rencontres mes parents dans dix jours. Ensuite, je serai à toi pour toujours.

- Non, c'est déjà trop tard.

Il rit en demi-teinte, soulagé de calmer sa conscience. Une onde d'incertitude passa dans les grands yeux étonnés de Gabrielle. La jeune femme admit enfin ce qu'il lui avait annoncé dans son délire éthylique. Il répéta.

- Il est trop tard Gabrielle, je t'ai trompée.

- C'est impossible, tu m'aimes.
- Je t'ai menti. Certainement que je ne t'aime pas assez. Ce que tu me donnes aujourd'hui n'est pas suffisant. Je veux bien essayer de te laisser une dernière chance. Sois-tu t'adaptes, soit tout est terminé. Seulement, tu vas devoir faire un peu plus d'efforts.

Gabrielle se défila comme à son habitude, elle ne supportait pas d'aborder le sujet de leur relation intime. Il était très demandeur et elle n'était pas suffisamment à l'aise avec son corps pour parer à toutes ses attentes. Elle savait qu'elle le désirait, elle le désirait vraiment depuis toujours. Soucieuse de construire une relation durable avec lui, elle voulait le pousser dans ses retranchements pour être sûre de faire le bon choix car elle avait eu vent de sa réputation de coureur de jupons. Dans sa recherche de l'amour idéal, elle était allée trop loin et il lui faisait payer les nuances qu'elle ne voulait pas lui offrir.

- Comment as-tu pu me faire cela ?
- Tu sais, c'est très facile de se faire une fille. Avant de te connaître, je batifolais et cela me convenait parfaitement. D'ailleurs, tu n'es pas la première que je drague pour les besoins d'une enquête.

Blessée au plus profond de son être, Gabrielle sentit la rage l'emporter. Cette tromperie était celle de trop. Emmanuel s'était joué de ses sentiments depuis le début. Elle avait beaucoup de mal à croire qu'il n'éprouvait rien pour elle, mais dans un élan de vengeance, elle le foudroya de coups de pieds violents et le gifla. Le policier n'opposa aucune résistance et la laissa verser sa déception sur sa personne. Sous l'œil hagard de Leverick, elle se dépêcha ensuite de prendre son sac à main et les quelques vêtements qu'elle avait laissé traîner dans la salle de bain ces derniers jours. Ils se saluèrent à distance, dans un consentement lisse et glacial, tandis que l'orage battait encore son plein. Envahie de tristesse, Gabrielle courut dans l'escalier en colimaçon et ce jusqu'à sa voiture, qui était garée à côté de la place des Martyrs. Elle fut rapidement trempée et ses larmes s'effacèrent sous la moiteur des gouttes de pluie. Ecœurée, elle démarra sous les trombes d'eau et enclencha les essuie-glaces.

Sans guère y voir, la belle jeune femme fila le long des avenues clichoises et décida de ne plus s'investir avec cet homme aux sentiments arbitraires.

XIV

Gabrielle était assise sur les marches du perron de la Clinique de la Muette et elle fumait sans avoir encore consommé son petit déjeuner. Il était huit heures du matin, son travail terminé, elle avait hâte de rentrer chez elle pour se reposer. Cette nuit avait été éreintante et les accouchements s'étaient succédé les uns après les autres, pourtant, la pleine lune n'était que dans quelques jours. Amaigrie de fatigue, la sage-femme avait travaillé sans relâche pour oublier la douleur viscérale que diffusait son cœur. Dans son jean étroit, les joues creusées, insatiable de tristesse, elle ressemblait à une adolescente anorexique qui n'en finissait plus de vivre. Une larme coula le long de son visage, elle était profondément désespérée.

Elle avait du mal à accepter sa rupture avec Emmanuel. Même si elle savait que c'était par lâcheté qu'il l'avait trompée, elle ne pouvait se résoudre à lui pardonner. Il avait réussi à transformer leur belle romance en une sordide histoire de fesses. Elle aurait aimé que ses parents le rencontrent, car après tout, il lui avait sauvé la vie, malheureusement ce n'était plus d'actualité et elle avait annulé le week-end où ils devaient se rendre chez eux à Marcq-en-Barœul. Pour une raison qu'elle n'ignorait pas totalement, mais ne comprenait pas, il ne voulait pas s'engager avec elle. Elle n'arrivait toujours pas à croire qu'il ne la prendrait plus jamais dans ses bras. A un moment de leur relation, elle avait espéré à tort qu'il soit différent des autres hommes qu'elle avait connus ; moins égoïste, plus présent. Fragile, elle avait oublié l'insouciance de leurs premiers instants heureux, son âme pelait couche après couche comme la surface d'un oignon et dans son for intérieur, le vide grandissait de minute en minute. Ses yeux s'embuaient et Gabrielle Landroze décida de terminer sa cigarette en chemin car elle ne voulait pas rencontrer le regard de ses collègues curieux ou des riches clients qui fréquentaient l'hôpital privé. Elle galopa jusqu'à son véhicule car elle s'en voulait déjà de ne pas être capable de maîtriser ses émotions en public. Elle ingurgita encore deux bouffées de fumée et jeta son bout de cigarette contre la bordure du trottoir. En montant à l'intérieur, elle quitta sa veste cintrée et s'effondra. La tête posée sur le volant, elle pleura et ses sanglots glissèrent jusqu'à la lisière de son âme. Elle était prisonnière. Prisonnière de cette vie dans laquelle elle se perdait chaque jour, car il fallait courir, courir toujours plus vite pour oublier que jamais elle n'aurait d'enfant et qu'aucun homme ne pourrait combler le vide maternel qu'elle ressentait. Elle devait accepter de vivre seule. Sa souffrance brisait l'illusion qu'elle puisse être aimée un jour pour ce qu'elle était. Elle finit par déclencher le moteur après ces quelques minutes de torpeur et s'engouffra à toute vitesse dans la savane estivale des rues parisiennes bruyantes.

Une demi-heure plus tard, elle entrait dans son appartement, malgré l'agitation urbaine de la rue Cardinet, elle s'écroula dans son lit jusqu'à la fin de l'après-midi. A dix-huit heures, le vague à l'âme et sans avoir rien avalé depuis la veille au soir, la sage-femme alla chercher son courrier sous le porche d'entrée des parties communes. Elle entendit en cuisine le brouhaha des commis de la Rosa Dei Venti qui s'affairaient à préparer les pâtes à pizza. Antonio, le patron, était en train de donner des ordres en cuisine.

-Plus vite mes amis, plus vite, la huit attend sa pizza depuis vingt minutes déjà ! s'enthousiasmait-il en frappant dans ses mains.

Sa joie de vivre ne réussit pas à combler le cœur de Gabrielle qui ramassait les publicités entassées en vrac dans sa boîte aux lettres. Entre deux factures qu'elle venait de recevoir, une écriture familière sur une enveloppe la fit frémir. Tremblante, elle la décacheta, celle-ci contenait une fine feuille cartonnée calligraphiée à l'encre noire. Elle la lut.

Gabrielle,
n'oubliez pas de marier votre mère,
avant de tomber amoureuse.

Le teint livide, Gabrielle songea à Lord Wendsey. Elle ne voulait plus penser à cet homme qui croyait-elle ; avait péri chez lui en novembre dernier. Qu'elle marie sa mère avant de tomber amoureuse? Qu'est-ce-que ce message voulait dire ? Pourquoi le lui avait-il envoyé ? Emmanuel lui aurait-il menti également sur les conclusions de l'enquête ? Il lui avait pourtant assuré que son corps avait bel et bien été retrouvé calciné durant cette soirée démoniaque, mais pour elle, cela ne faisait aucun doute, Lord Wendsey était revenu d'entre les morts.

Désespérée, elle grimpa à l'étage en toute hâte, prit quelques affaires dans un grand cabas ainsi que son trousseau de clefs et quitta son domicile sans même terminer les tâches domestiques de la journée qui lui incombaient encore. La jeune femme devait aller chercher du réconfort là où elle pouvait espérer en trouver. Elle ouvrit le garage avec son bip et s'engagea dans le quartier des Batignolles qu'elle traversa, puis franchit le pont sous le périphérique et se gara près de la mairie de Clichy La Garenne. Elle marcha quelques mètres dans l'avenue commerçante et se réfugia dans l'église Saint-Vincent de Paul. Il ne restait plus que Dieu pour l'aider en ce monde.

Elle passa sous le porche de l'édifice, l'air ambiant y était beaucoup plus frais qu'à l'extérieur en ce mois d'été. Elle s'y sentit bien de suite et respira à plein poumons. Depuis l'enterrement de son oncle en novembre dernier, elle n'était pas revenue dans l'enceinte chrétienne. A cette occasion, Gabrielle avait rencontré le père Joseph. Il avait animé la cérémonie, qui leur avait été très douloureuse, une dizaine de jours après l'incendie de l'hôtel particulier. Elle avait fait l'effort de se déplacer malgré la fatigue de l'épreuve qu'elle venait d'endurer car elle était la seule représentante de la famille disponible pour les funérailles. Son père avait refusé d'y assister sur l'interdiction de sa mère, car disait-elle, elle détestait ce beau-frère, absent depuis beaucoup trop d'années. Leverick l'avait accompagnée et la malheureuse avait pleuré sur son épaule, ce pauvre Lucien, comme si elle connaissait depuis toujours ces hommes qui venaient de faire irruption dans son existence. L'idylle entre la sage-femme et le capitaine avait commencé le soir même. Après la cérémonie, ils s'étaient retrouvés dans le logement d'Emmanuel et avaient passé la fin de journée à discuter et à refaire le monde. Le capitaine avait cette fois trouvé les mots justes pour lui parler et la rassurer. Elle avait succombé à son charme ténébreux et il avait finalement déversé sa virilité dans son corps parfait de femme. Dès le lendemain au réveil, tout avait roulé à la perfection et ils s'étaient rapidement organisés pour gérer leurs vies professionnelles en fonction de leurs horaires respectifs. Une agréable routine s'était installée entre les deux tourtereaux, ponctuée par leurs fous rires, leurs sorties parisiennes et leurs fins de soirées très voluptueuses. Ils étaient tant opposés l'un de l'autre que tout les rapprochait. C'est seulement dans les semaines printanières qui suivirent qu'elle bouda leurs relations physiques, prétextant une dépression passagère. Il avait été très patient, elle regrettait sa maladresse à présent.

Gabrielle prit un peu d'eau bénite qu'elle badigeonna rapidement sur elle-même en un signe de croix, puis longea les pavés de l'allée centrale. Elle s'agenouilla devant l'autel et pria la tête contre le sol. Les larmes coulaient à nouveau le long de ses joues. Elle resta ainsi un long moment avant de se redresser ; lorsqu'elle leva la tête, une personne se tenait devant elle. Elle ne l'avait pas entendu s'approcher.

Aveuglée par ses yeux humides, elle mit quelques instants avant de reconnaître le père Joseph qui lui souriait avec douceur. Il plissa ses yeux bridés avec bienveillance.

- Je savais que vous reviendriez ici à un moment ou un autre, dit-il en l'aidant à se relever. Que nous vaut votre visite ? prononça-t-il en se courbant vers la nef.

Gabrielle essuya grossièrement ses joues et engouffra sa main dans son sac pour en sortir le papier cartonné qu'elle venait de recevoir. Elle lui montra le message.

- Mon père, je suis en proie au désarroi le plus complet, pourriez-vous m'aider ?

Le curé, étonné, changea d'expression. Il regarda la croix du Christ et lut à voix haute le message qu'il venait de découvrir. Gabrielle eut l'énorme impression qu'il s'adressait au Seigneur.

- Qui est l'auteur de ce message, lui demanda-t-il juste après ?

- Je pense qu'il s'agit de Lord Wendsey, mais j'ai beaucoup de difficultés à croire qu'il soit encore en vie. Il n'y a pas de signature.

- En effet, cela semble très curieux, toutefois nous ne pouvons pas l'exclure.

Le curé de la paroisse Saint-Vincent de Paul rapprocha ses deux mains l'une contre l'autre et serra sa fine bouche.

- Je savais qu'un jour j'aurais à vous révéler cela. Je ne savais ni quand, ni de quelle manière cela devait prendre forme. Lucien m'en avait fait part et m'avait demandé de vous révéler le secret de votre famille le temps venu. Ce Wendsey semble également être au courant.

Gabrielle frissonna et ferma son visage comme pour supporter la nouvelle qu'il voulait lui annoncer, mais le père Joseph recula en toute hâte de quelques pas pour se diriger vers la porte qui donnait accès au presbytère.

- Restez-ici un moment je vous prie. Je dois d'abord aller chercher quelque-chose.

Il la laissa seule avant de revenir dix minutes plus tard avec trois ouvrages dans les mains. Il lui proposa d'aller s'asseoir dans un recoin de l'église où se tenait la chapelle des prières.

Le père Joseph invita Gabrielle à se recueillir devant la Vierge Marie. Il récita en latin le Notre-Père, puis il choisit un psaume dans le bréviaire qu'il avait apporté. Il en clama les vers, le regard tourné vers les cieux, puis approcha une main devant le cœur de la jeune femme. Elle ressentit une paix grande et puissante l'envahir.

- Dieu est entré en vous, sourit-il avec bonté. Désormais, l'Esprit-Saint repose sur vous. Il vous aidera à accomplir votre vie avec bonheur et dans la foi du Christ. Soyez prête à écouter votre ange gardien, il saura vous guider pour prendre les bonnes décisions.

- Quel est donc ce secret que vous deviez m'annoncer ?

Le père Joseph haussa les sourcils et s'octroya un temps de réflexion. Il remua les paupières avant de répondre, puis reprit avec sérénité.

- Lucien me parlait beaucoup de sa famille et tout particulièrement de vous. C'était un homme très respectable, d'une grande bonté et avec une conscience pure. Il était parfois d'humeur ronchonne, mais cela ne durait jamais bien longtemps. Il priait pour vous quotidiennement car il vous aimait, même s'il ne vous voyait plus. Il ne souhaitait qu'une chose, c'était que vous grandissiez dans le bonheur et l'amour du Christ. Au fil de nos discussions, j'ai essayé de l'amener à revoir votre père et votre mère car pour les chrétiens, il est nécessaire d'apprendre à pardonner malgré les reproches que l'on peut nous faire.

- A-t-il pris la décision de renouer avec nous ?

- Non, malheureusement. Rien de ce que j'ai pu entreprendre ne le décida. Je me résolus à chercher pourquoi il ne le faisait pas et un jour, je finis par comprendre qu'il ne voulait plus voir vos parents, non pas parce qu'il n'en avait pas le désir, mais plutôt parce qu'il souhaitait vous protéger d'un grand malheur.

- Je ne vous suis pas très bien, balbutia Gabrielle. Pourquoi voulait-il à ce point me protéger ?

- Peu de temps avant de mourir, il a essayé de soulager sa conscience en se confessant à moi. Il m'a raconté des choses sur sa vie que je n'étais même pas en mesure d'imaginer. Il m'a dit qu'il connaissait votre mère biologique et qu'il l'avait très bien connue autrefois et même qu'ils avaient été éperdument amoureux.

Une nuance d'incertitude dans le regard, Gabrielle l'interrogea.

- Aurais-je été adoptée ? C'est insensé ce que vous me dites !
- Non, ce n'est pas ce qu'il a prétendu. Il m'a dit que Jean Landroze était bien votre père biologique, mais que son épouse n'était pas votre véritable mère.
- Comment est-ce possible ?
- Je ne sais pas Gabrielle. Lucien n'a pu m'en dire plus, il est mort quelques jours après m'avoir révélé cela, et il m'a fallu plusieurs mois de contemplation avant d'être en mesure de pouvoir vous l'expliquer et de lever le secret sur sa confession. Grâce à Dieu, Lucien savait que je n'en parlerais jamais aux autorités et que j'attendrais de bonnes circonstances pour vous en faire part.

Interloquée par cette révélation, Gabrielle s'empourpra de colère.

- Comment ont-ils pu me faire une chose pareille sans même jamais avoir essayé de m'en parler ? C'est impossible, je n'y crois pas !
- Dieu est bon pour tous les hommes Gabrielle ; s'il a jugé juste que je vous révèle ce secret aujourd'hui, c'est qu'il doit y avoir une bonne raison. Les choses ne se passent jamais par hasard dans la vie.
- Que me conseillez-vous, dit-elle en baissant de nouveau le ton de sa voix ?
- Croyez en Dieu et en Jésus pour comprendre la vérité sur votre famille. Priez chaque jour. Seuls les cœurs purs peuvent retrouver les traces de leur passé. Ne brusquez pas les choses, soyez patiente et les réponses viendront à vous naturellement.

Ils se levèrent et le prêtre lui tendit deux des livres qu'il avait apportés. Il s'agissait d'une bible et d'un carnet en cuir noir.

- Lucien m'a transmis également ce qui vous revient de droit en héritage ; d'après ce qu'il m'a confié, ils appartenaient à votre mère. J'espère que cela vous sera utile pour dénouer les liens de votre passé.

Gabrielle les rangea dans son sac et lui répondit d'une faible voix.

- Merci mon père, je ne suis pas certaine de savoir prier, mais en tout cas, j'essaierai.

- Faites les choses comme vous le sentez. Nombreuses sont les familles qui ont des secrets, c'est important pour le salut de votre âme et celui de vos futurs enfants.

La jeune femme se mit à grelotter, son ego se déchirait en lambeaux. Elle paraissait si désespérée que le père-Joseph sentit à quel point elle souffrait de la famine de son cœur. Il lui parla avec une infinie compassion, espérant ainsi qu'elle saurait surmonter cette épreuve qu'elle endurait.

- Rentrez chez vous et ne vous inquiétez pas. Prévenez votre ami policier, il fera le nécessaire pour vous protéger.

Gabrielle s'effondra en larmes.

- Nous ne nous fréquentons plus, il s'est absenté pour des vacances. Je ne sais pas quand il reviendra et si je le reverrai.

- Je suis très surpris de cette nouvelle, affirma-t-il en grimaçant. Etes-vous sûre qu'il ne s'agit pas d'une dispute passagère ? Vous étiez pourtant très proches à l'enterrement de Lucien.

- Il est parti et je n'arriverai jamais à lui pardonner son erreur.

Je ne trouverai jamais l'amour mon père, une maladie orpheline m'empêche d'avoir des enfants et je sais qu'inconsciemment, les hommes me fuient à cause de cela.

Gabrielle Landroze courut se réfugier dans l'allée centrale, la gorge ouverte et les mains contre son bas ventre. Elle avait mal car elle n'arrivait pas à accepter sa féminité infirme. Au fond d'elle-même, elle souhaitait être entendue et que quelqu'un puisse mettre fin à son malheur. Dans ce supplice, elle s'immobilisa les genoux contre la dalle noire et s'abandonna une ultime fois à la prière. Le prêtre avança tranquillement jusqu'au portail qu'il referma. Il esquissa un sourire infiniment charitable.

- Ne laissons pas les indiscrets entrevoir vos faiblesses. Vous devez reprendre des forces avant de sortir d'ici. N'abandonnez jamais votre quête. Les femmes, grâce à la Vierge Marie, préservent leur nature sauvage. Celle-ci se doit de rester toujours invisible aux yeux des hommes, car bien qu'ils vous aiment profondément, ils ne comprendront jamais de quel bienfait elle est fondée. Vous aimez une personne qui ne vous veut que du bien mais qui est perdu dans les égarements de son esprit et de sa passion. Il reviendra vers vous, soyez en sûre.

- Jamais nous ne pourrons avoir d'enfants mon père !

- Vous croyez en l'amour infini et éternel, pourquoi n'auriez-vous pas le droit d'être heureuse et de trouver la paix. Les médecins n'ont pas réponse à toutes les questions. N'oubliez pas que l'homme que vous choisirez sera le seul de votre vie, une fois que vous l'aurez accepté. Je n'ignore pas les besoins de la chair, mais vous devez être forte. Les couples doivent sortir de leurs sentiments ombrageux et affronter les méandres de leur personnalité pour s'unir dans la foi et fonder une famille. Ayez confiance en Dieu et il vous aidera

- Si seulement vous aviez raison, implora-t-elle.

- Cet homme, vous l'aimez. Il vous aidera à trouver votre passé, croyez-moi.

XV

Leverick essayait de profiter de son séjour en solitaire dans le petit village de pêcheurs de Puerto Calero sur l'île de Lanzarote aux Canaries. Il y a cinq jours, il avait atterri à Arécife et avait loué une minuscule villa près de la plage de Quemada. A quatre heures de vol de Paris, c'était une destination suffisante pour ce casanier qui n'aimait pas trop quitter la capitale. Chaque fin de matinée, il rejoignait à pied le port qui donnait directement sur la crique au bord d'une plage rocailleuse pour acheter sole ou limande qu'il adorait. Il faisait frire son poisson à la plancha, puis prenait la direction de la Costa Teguise où sa moto de location tergiversait dans le paysage lunaire de la route des volcans. Il essayait d'oublier le tumulte de la vie parisienne mais rien n'y faisait, il n'arrivait pas à se ressourcer dans ce climat aride et continuait à entendre les gyrophares qui hurlaient dans les rues encombrées et les téléphones portables qui sonnaient et vibraient dans une répétition incessante et continuelle. Chaque nuit, il se réveillait haletant et sentait l'angoisse monter en lui, mais au réveil, il n'arrivait pas à se rappeler ce rêve qu'il faisait en boucle durant les heures de sommeil profond. Il était tourmenté et seules les eaux émeraude et transparentes de l'océan Atlantique parvenaient à le revigorer. De ce fait, il passait les après-midis sur la plage à dormir après s'être enduit d'aloe vera. Malheureusement, son cerveau repassait en boucle les évènements des derniers mois, notamment ceux des deux dernières semaines où le boomerang lui était revenu d'une manière suffisamment foudroyante pour qu'il se noie définitivement dans les effets néfastes de l'alcool. Il consacrait ses soirées auprès de naïades à siroter des pina-coladas dans les nombreux bars de la Playa Blanca et vagabondait d'une fille à l'autre.

La veille, au détour d'une sieste oisive, il vit une énième fois Mallandre, enfermé dans son costume gris et poussiéreux des années quatre-vingt, sortir de sa tanière bureaucratique et le lacérer d'ordres injurieux alors que d'ordinaire son supérieur diffusait autour de lui une gentillesse perspicace. Dans sa main, le commandant tenait l'alliance que Leverick avait dissimulée jusque-là et son rapport rédigé à la va-vite. L'enquête du crime de l'Arc de Triomphe allait être réouverte grâce à lui, car la nouvelle venait de tomber ce matin-là, le corps calciné de l'incendie du 69 boulevard Saint-James n'était pas celui de Lord William Wendsey.

Sur ordre de la couronne britannique, après des mois de procédures, Scotland Yard avait été obligé d'exhumer la dépouille et de pratiquer de nouvelles analyses génétiques. Des querelles sur l'héritage familial de l'historien leur posaient à priori de grands tracas et c'est avec stupéfaction que l'opinion publique d'Outre-Manche découvrit que Loïc Mitrovic, croate et chauffeur du professeur de Kensington, reposait dans le caveau familial des Wendsey. Il était propriétaire d'une société de location de véhicules de luxe et avait travaillé pour le noble enseignant lors de la soirée qui lui avait coûté la vie. Les deux hommes se ressemblaient tant, que même les membres de la famille Wendsey n'y avaient vu que du feu. Le cadavre avait été rapatrié en Grande Bretagne quelques jours après le drame. Déjà au mois de novembre, le capitaine avait eu un doute sur l'identité du brûlé vif, bien qu'à l'arrivée des secours, ils eussent tous vu Lord Wendsey, le tronc en flamme, se jeter du deuxième étage de son hôtel particulier. Leverick avait visé juste, ses collaborateurs ne s'étaient doutés de rien, car tout avait été détruit dans le sinistre et aucun élément concret ne permettait de faire le lien entre le meurtre du 11 novembre dernier et ce sombre fait divers de quartier. Les terroristes islamistes s'étaient approprié l'événement de la place de l'Etoile, en le revendiquant, comme l'avait prédit le policier. L'affaire avait été finalement mise en suspens par la DGSI car aucun élément supplémentaire ne laissait supposer qu'il s'agissait bel et bien d'un homicide commandité contre les valeurs républicaines du pays. Les services secrets n'avaient pu inculper qui que ce soit, les recherches étant restées infructueuses.

- Qu'est-ce-qui t'a pris garçon de me cacher tout cela ? Tu t'es mis dans le pétrin. Il va y avoir une enquête contre toi maintenant. C'est une faute grave de dissimuler ce genre de preuves. Depuis quand es-tu au courant de l'implication de Lord Wendsey dans cette affaire ?

Emmanuel s'était tassé sur son siège ; conscient de son erreur, il se voûta derrière son bureau où s'amoncelaient les dossiers du mois en cours et toutes sortes de revues érotiques qu'il consultait parfois entre deux interrogatoires.

- C'est-à-dire que maintenant, l'enquête va être réouverte et avec ces informations, elle reviendra à la brigade criminelle. C'est un juste retour des choses.

- Tu savais tout depuis le début et tu ne m'as rien dit ! Tu es complètement aveuglé et égocentrique. Tu te rends compte du scandale ! Je ne peux pas te couvrir, c'est trop énorme pour que le procureur me croie ! s'indigna le commandant dans un mouvement de rage.

- C'est certain ! Avec ces nouveaux éléments, il risque de déchanter, ricana Emmanuel impassible.

Mallandre se renfrogna, médusé par le toupet agaçant de Leverick. Le capitaine ne comprenait pas qu'il ne serait pas en mesure de le couvrir dignement.

- Wendsey connaissait Landroze ! Je n'en reviens pas, gloussa-t-il avec animosité. C'est donc lui le meurtrier ? Quel est son intérêt dans ce bazar ? Pourquoi s'en est-il pris aussi à sa nièce ? Et cette histoire d'écrevisses, c'est vraiment tiré par les cheveux ! J'ai beaucoup de mal à l'imaginer.

- C'est elle qui m'a tout raconté. Il n'y a pas de question à se poser là-dessus. Il est nécessaire de faire des recherches approfondies sur les membres de l'ordre de la Rose-Croix et de rechercher où se cache Lord Wendsey.

- Tu ne feras rien du tout mon bonhomme, s'exclama Arthur Mallandre en tapant du poing sur le bureau de son subalterne. Quand je pense que tu t'es amouraché de cette fille sans rien me dire alors qu'elle doit certainement jouer un rôle décisif dans ce traquenard ! Tu ne pouvais pas t'en trouver une autre ; toi qui cours après tout ce qui bouge depuis la mort de Clara !

A ces mots, la face de Leverick se ferma, il ne pouvait imaginer que Mallandre jouait avec ses sentiments, lui qui essayait d'oublier celle qu'il avait tant chérie.

- D'une manière ou d'une autre, tu es impliqué dans cette affaire, poursuivit son chef implacable. Je n'ai pas d'autre choix que de te mettre au vert. Nous mettrons Gabrielle Landroze sous surveillance car si ce gredin se promène dans la nature, les jours de ta dulcinée sont en danger.

L'équilibre vital d'Emmanuel vacilla. Le policier s'inclina, il n'avait pas mesuré les dégâts que sa carrière encourait à cause de son implication beaucoup trop personnelle avec Gabrielle.

- Tu vas être mis à pied jusqu'à la fin du dossier, c'est un moindre mal. Pars en vacances et ne reviens pas d'ici la fin de l'été.

- Comment je fais avec elle ? Elle ne va pas comprendre pourquoi je pars si précipitamment !

- Parce qu'en plus vous cohabitez ! Débrouille-toi Don Juan, la prochaine fois tu assureras mieux tes arrières !

Voilà comment s'était soldée sa dernière conversation avec Arthur Mallandre. Il n'avait jamais été aussi froid et distant avec lui et pour la première fois de son existence, Leverick eut peur de tout perdre. Il ne déplorait pas son amourette avec Gabrielle, il l'avait voulue et elle aussi, quoiqu'elle le pressât un peu trop pour qu'ils s'engagent dans une relation durable.

Emmanuel souleva la tête pour regarder les vagues qui se brisaient devant lui, se redressa et s'assit en tailleur sur sa serviette de plage en microfibre. Il avait assez dormi. Une poudre d'écume salée se déposa sur ses lèvres sèches. Il respira profondément pour imprégner ses poumons des bienfaits marins, puis alluma une cigarette. Finalement, les circonstances avaient tourné en sa faveur, il avait évité de justesse un week-end familial avec les parents de la jeune femme. Avec ce qu'il lui avait fait, il était sûr à présent qu'elle ne reviendrait pas. Elle n'était qu'une passade dans sa vie, comme toutes les autres femmes avec qui il avait couché. Rien de plus, rien de moins.

*

Ce cinquième jour, lorsqu'il visita la caverne aux crabes de Los Jameos del Agua, il faisait encore plus chaud qu'au début de ses congés. La soirée précédente, il s'était énivré à la vodka en compagnie de russes très riches et probablement mariées, mais divinement déroutantes. Sa tête résonnait lourdement et il s'étonna d'être encore en mode bipédie le matin de cette sortie culturelle qu'il avait programmée pour se distraire. Il enfourcha sa moto pour se diriger à l'opposé de l'île et découvrir les œuvres de César Manrique. L'artiste avait laissé sa patte sacrée sur cet îlot des Canaries et son âme bienveillante resplendissait dans ce décor ardent et désertique.

Sur le chemin des ocres, lorsqu'il passa sous le pont qu'un compagnon de passage lui avait indiqué, il sourit, quelqu'un avait inscrit sur le mur qu'un autre monde était possible : *otro mundo es posible*.

Rêveur occasionnel dans cet univers perdu, Leverick imagina ce que sa vie pourrait être si on lui offrait de tout refaire. Pourrait-il aimer malgré ses blessures profondes ? Il savait qu'il cachait ses sentiments parce qu'il avait peur d'avoir mal, sa sœur lui avait bien dit de faire attention. Il n'ouvrait plus les valves de son cœur de peur de perdre d'autres êtres chers.

Sa mère l'avait quitté lorsqu'il avait quatorze ans, il éprouvait un tel ressentiment depuis son départ, qu'il s'était endurci comme de la pierre. Il s'était juré de ne plus jamais aimer pour ne plus souffrir et depuis il le savait, il avait raté pas mal d'occasions de donner. Après quelques années d'errance, il y avait eu Clara. Elle avait patienté et ils s'étaient aimés, mais la douleur de sa mort avait rouvert la plaie béante de l'abandon maternel et il lui fallut plusieurs mois pour la colmater de nouveau. Pourtant, alors qu'il croyait que sa rupture avec Gabrielle allait le fortifier, il ressentait un vide dans sa poitrine qui l'abîmait.

140

Emmanuel admit enfin que l'intempérance sexuelle dont il était l'acteur principal ne lui apporterait jamais le repos. Il fallait que cela cesse, il devait se pardonner et panser ses maux pour guérir et les transformer en actes de tendresse. Il l'avait rejetée, elle qui était si fragile. Il avait été trop lâche avec elle. Il n'avait pas dit la vérité et lui avait menti. En fait, il regrettait amèrement toute cette mascarade qu'il lui avait jouée l'autre soir afin qu'elle le quitte.

Etouffé par la canicule, il déposa son véhicule sans y prendre garde sur le parking réservé aux autobus, et se mélangea nonchalamment aux touristes qui affluaient de toute part pour piétiner la caverne mystique dominée par une chapelle bucolique et un musée océanographique. En descendant dans la grotte, il ressentit enfin le calme idyllique qu'il recherchait depuis son arrivée sur Lanzarote.

L'air était frais, on s'y sentait bien et il avait retrouvé sa paix intérieure. Il s'approcha du lagon où reposaient des crabes translucides albinos, et s'assit sur le rebord de la piscine pour les observer. Le silence du lieu était divin et un tunnel de lumière habillait le bassin. Les bêtes à pattes blanches dansaient dans une oraison de douceur et s'habillaient de pâles couleurs bleutées dans un déplacement fluide et gracieux. Ces crabes lui firent penser aux écrevisses dont Gabrielle lui avait tant parlé. Elle lui manquait. D'après ce qu'elle lui avait dit, elle n'aurait pas de vacances car cela ne faisait pas une année qu'elle exerçait à la clinique de la Muette. Il devait renouer le contact et décida de lui envoyer un mail avec une photo de l'endroit où il se trouvait. En prenant son téléphone, il vit qu'un message de sa part l'attendait déjà.

Elle lui demandait de rentrer le plus vite possible. Le policier s'inquiéta, il chercha à la joindre par téléphone mais il n'entendit que le message qu'elle avait enregistré de sa douce voix sur son répondeur. Peut-être qu'elle avait décidé de passer le week-end du quinze août en province ? Avec qui ? Epris de jalousie, Leverick eut une soif d'amour comme il n'en avait jamais ressenti auparavant et il s'affola. Il devait se rendre à l'évidence ; il aimait éperdument Gabrielle Landroze. Des images remontaient des tréfonds de sa conscience et émergèrent jusqu'à lui. Il se rappelait maintenant ce cauchemar qui l'avait hanté les nuits précédentes comme une prémonition fulgurante. C'était bien dans cet endroit idyllique qu'il avait vu Gabrielle se noyer dans un lagon. Assaillie par ces mêmes crabes albinos, elle était enceinte et ses poumons se remplissaient d'eau. Engloutie par les flots, elle l'appelait pour qu'il la sauve, mais il n'y arrivait pas et elle mourait. Emmanuel partit de la caverne à grandes enjambées pour rejoindre la sortie. Jamais il n'aurait dû l'abandonner, jamais il n'aurait dû partir.

XVI

Emmanuel traversa sous le pont de Clichy, pour rejoindre l'avenue Martre. Il transpirait, le bitume brûlait sous ses pieds. La chaleur cuisante de la pierre urbaine lui rappela les roches volcaniques qu'il avait arpentées quelques jours plus tôt sur l'île de Lanzarote, mais contrairement au basalte noir et poreux, la pierre blanche était lisse et compacte. A quelque chose près, la sensation de moiteur qui l'habitait était la même, cependant aux Canaries, les pots d'échappements ne le faisaient pas suffoquer. Il étouffait. Aucun souffle d'air ne circulait dans la ville alors que tous les citadins étaient en congé. Il regretta amèrement à cet instant d'avoir embarqué avec ces quelques jours d'avance car finalement, il détestait le sol poussiéreux parisien.

Simplement, il s'inquiétait pour Gabrielle. Depuis hier, il avait essayé à maintes reprises de la contacter et elle ne répondait ni au téléphone, ni aux courriers électroniques qu'il lui avait envoyés. Il avait appelé également le commandant Mallandre qui avait aussi perdu sa trace. Emmanuel était furieux contre son chef. En août, Paris était déserté et même dans la police il n'y avait pas assez d'effectifs pour traiter toutes les affaires. Ses collègues du Bastion étaient sans nouvelle de la sage-femme depuis sa dernière journée de travail à la clinique de la Muette qui remontait au dix août dernier.

A peine son avion avait-il atterri à l'aéroport d'Orly que le capitaine s'était jeté sur le premier des taxis pour aller chez elle. A neuf heures, lorsque le chauffeur le déposa devant la Rosa Dei Venti, le patron du restaurant déchargeait les matières premières du camion de livraison qui arrivait de Rungis. Il avait sympathisé avec le couple qui venait y dîner de temps à autres. Emmanuel se ruait toujours sur les pizzas au fromage, tandis que Gabrielle adorait les pâtes sans gluten au pesto maison. Finalement, après plusieurs heures de discussion et de repas animés, la jeune femme lui avait donné un double de ses clefs, au cas où, car il habitait également l'immeuble.

- Je ne sais pas où elle est allée. Nous ne l'avons pas vue depuis plusieurs jours, lui dit Antonio en lui tendant le jeu de clefs.

- Je te remercie, je lui ai rendu les miennes avant de partir pour les îles Canaries.

- Elle n'avait vraiment pas l'air dans son assiette quand elle est passée le soir de l'orage. Vous ne vous seriez pas disputés par hasard ?

- Si, affirma Emmanuel dans une moue approbatrice. C'est ma faute, je dois tout arranger maintenant.

Le policier ne s'attarda pas plus auprès de leur ami et monta au premier étage. Il n'y avait aucun signe de vie dans le petit appartement chic du quartier des Batignolles. Le lit était fait, le frigo était rempli, elle n'avait pas l'air d'avoir préparé ses bagages et du petit linge séchait à l'abri des regards. Il descendit voir au garage si la voiture s'y trouvait. La Mini attendait patiemment sa propriétaire, mais Gabrielle n'était pas là. Où était-elle ?

Une heure plus tard, il était devant chez lui. Il transpirait d'avoir marché aussi vite avec son sac de voyage sur le dos. Du parc Martin Luther King à ici, il n'y avait pas trop à parcourir, mais la canicule avait rendu son trajet éreintant. Il était fou de rage ; et celle-ci, accentuait encore plus la migraine qui lui tambourinait les tempes. De la sueur glissait sur ses tempes bronzées et ses cheveux noirs épais frisottaient à cause de son humidité corporelle. Un souffle d'air aride et vaporeux envahit ses narines et il toussa. Sa gorge était asséchée par le pic de pollution et son système nerveux recevait des transmissions émotionnelles intenses comme s'il s'était fait piquer par des épines de cactus aussi longues qu'un doigt.

Leverick se dépêcha de monter chez lui et s'enferma dans le noir. Las et épuisé, il jeta son sac de voyage avec une telle force contre son étagère que sa collection de disques vinyles de hard rock tomba et s'amoncela en un tas épars sur le sol. Il prit une douche pour essayer de se détendre et écouta de la musique classique si forte que les pizzicati des violons résonnèrent jusque sur les pavés de la courette de l'immeuble. Ses neurones filaient à toute allure pour essayer de rassembler ses pensées de manière cohérente, mais il vivait un véritable cauchemar et les angoisses envahissaient son esprit. Il enfila un jean noir et un t-shirt gris propres qui dessinaient parfaitement son corps divinement masculin et dans un ultime élan de fureur, il alla sonner chez sa voisine qu'il décida de tenir en partie responsable de la misère dans laquelle il se trouvait. Ses yeux noirs transpercèrent la vieille Natacha lorsqu'elle entrouvrit la porte. Il lui hurla à la figure.

- Quelles sornettes lui avez-vous racontées, bon sang !
- Calmez-vous mon garçon, lui suggéra la septuagénaire d'une voix faible.
- Où est-elle ? Je n'arrive pas à la joindre.
- Elle s'en est allée. Vous l'avez fait beaucoup souffrir, elle n'a pas su trouver les bons mots pour vous expliquer la situation, suggéra la vieille dame doucement.
- De quoi parlez-vous voyons ?
- De ses problèmes de fertilité.

Emmanuel essaya de franchir le perron de force, mais Bideltayme retint le passage. Il l'empoigna contre la porte et elle frémit devant cet accès de violence si soudain.

- Vous dites n'importe quoi ! Pourquoi se serait-elle confiée à vous ?
- J'ai deviné juste, mon ami, bégaya-t-elle.
- Il y a d'autres éléments que je dois savoir ?
- Elle m'a dit que Wendsey, l'homme qui a voulu la tuer était revenu. Je lui ai dit de rester avec moi, mais elle n'a rien voulu entendre.
- Quoi ! Vous l'avez laissée partir ?
- Arrêtez, je vous en prie, supplia-t-elle lorsqu'il serra un peu plus ses poignets. Je suis là pour vous aider. Je suis aussi soucieuse que vous, j'ai bien essayé de la retenir quand elle est venue me voir il y a trois jours, mais je ne sais pas pourquoi elle était comme hypnotisée et elle m'a dit qu'elle connaissait un endroit plus sûr.

Emmanuel la relâcha et retrouva un peu plus de contenance. La voyante était aussi anxieuse que lui et il s'efforça de lui sourire. Bien qu'elle fût encore apeurée à cause de ce qu'il venait de faire, elle retrouva l'air narquois qu'il détestait.

- Monsieur Leverick, vous êtes désespéré. Ne sentez-vous pas ce souffle d'amour qui vous submerge ? Il n'est jamais trop tard pour apprendre à aimer. Ressaisissez-vous voyons et suivez-moi, j'ai quelque-chose à vous montrer.

Natacha Bideltayme emmena Emmanuel dans son salon où le ventilateur tournait à plein régime. Elle lui proposa de s'asseoir près de la table basse. Le policier était méfiant, il venait de voir la boule de cristal.

- Rassurez-vous, je ne vais pas m'en servir, dit-elle avec hauteur. Nous avons mieux à faire.

Elle remarqua qu'il agitait ses jambes en guettant le sol.

- Alfred est parti faire un petit séjour chez le vétérinaire, si c'est cela qui vous effraie.

La vieille dame sautilla. Elle s'approcha de son buffet où elle avait déposé un carnet en cuir noir.

- Je viens de faire une découverte très surprenante et je vais faire de mon mieux pour vous aider. Il n'était pas nécessaire en tout cas de se mettre dans un état pareil et j'espère que vous serez plus délicat la prochaine fois.

Leverick inclina sa tête comme pour s'excuser et l'écouta.

- Gabrielle m'a déposée ce carnet lorsqu'elle est venue me voir. Il s'agit d'un almanach d'astrologie transmis par son oncle Lucien.

- Qui lui a donné ?

- C'est ce bon père Joseph, pardi ! Il n'allait quand même pas donner ce trésor à la brigade criminelle ! s'exclama l'astro-généalogiste avec énergie. Il lui a dit que cela devrait lui servir pour comprendre son passé, mais c'est en partie indéchiffrable sans l'aide d'un médium. Gabrielle est venue me l'apporter pour y voir plus clair.

- De quoi parlez-vous ? C'est insensé ! grogna-t-il.

- Je n'ai pas eu le temps de tout déchiffrer, je n'y travaille que depuis peu. C'est une mine d'or. La personne qui a écrit cela avait un grand pouvoir de clairvoyance. Gabrielle est en grand danger, nous ne pouvons pas agir sur le passé, mais il est parfois possible de modifier l'avenir.

Agacé, Leverick la stoppa net.

- Vous racontez vraiment des âneries. C'est comme cela que vous racolez vos clients ?

Face à son ignorance, Natacha ne se démonta pourtant pas et poursuivit son discours.

- Oh boy ! Si j'étais vous, je me méfierais des mots que j'emploie. Cet almanach a été écrit par une personne qui a fait des recherches sur l'arbre généalogique de la famille Landroze, argumenta la voyante en secouant ses doigts. Il y a comme des sortes de prédictions, des textes étranges et des dessins. La date de la mort de l'oncle Lucien y figure par exemple.

Elle lui montra un des feuillets où une tête de vieillard était dessinée à l'encre noire. Il regardait l'aube se lever, tandis qu'une flamme se consumait devant lui. Le document était daté du onze novembre dernier.

Emmanuel hocha la tête et se leva nonchalamment.

- Non, non, vous ne me ferez pas croire à ce genre d'idiotie ! Je vous remercie, je crois sérieusement que je me débrouillerai sans vous.

Il fit grincer le fauteuil sur lequel il était assis et se leva pour partir.

- A votre place, je ne dirais pas cela, monsieur Leverick. Votre collègue Sylvia Lenoir a très bien compris comment mes méthodes de guérison pouvaient l'aider dans ses recherches scientifiques, et c'est une personne de grande qualité.

- Comment cela, c'est une de vos clientes ? réagit-il très étonné.

- Plutôt deux fois qu'une, cher capitaine, appuya-t-elle avec vigueur ! Si je ne m'abuse, c'est aussi vous qui êtes responsable du chagrin de cette femme !

Emmanuel, désarçonné, s'abandonna sur le siège dont il venait de se relever. Natacha Bideltayme savait qu'elle avait gagné, elle lui sourit du coin de la bouche et lui tendit le carnet en cuir relié. Il le feuilleta de très près. Tout y était écrit à la plume, l'écriture était belle, fine et délicate.

Chaque page correspondait à une date avec des illustrations, parfois accompagnées de quelques phrases. Il s'arrêta sur celle du quatorze août de cette année. On y voyait un arbre dont chacune des branches contenait un des douze signes du zodiaque. Il lut à haute voix.

- « *To find my rose, all roses you need. My rose is dead, save me.* »

Leverick haussa les épaules et traduit.

- Pour trouver ma rose, tu as besoin de toutes les roses. Ma rose est morte, sauve-moi.

Il posa délicatement le livre sur la table basse.

- Je n'y comprends rien. Cela ne ressemble ni plus ni moins qu'à de la poésie.

- Non, non, mon garçon. Je vous assure, il s'agit de prophéties divinatoires. L'arbre généalogique de Gabrielle est maudit depuis plusieurs générations. La personne qui a écrit cet almanach a voulu laisser une trace pour qu'elle soit initiée sur le chemin de la lumière. Il semblerait que Gabrielle soit la clef de voûte de son arbre généalogique et qu'elle ait les capacités de conjurer ce mauvais sort, mais si vous ne la sauvez pas, elle va mourir.

- Pourquoi ? Il n'y a aucune raison à cela ?

- Il y a trop de ruptures dans son arbre familial, comme si on avait voulu cacher un énorme secret. C'est pour cela que le corps de Gabrielle refuse d'enfanter ; sa rose est morte. Inconsciemment, elle a peur de reproduire le schéma initial.

- De quel secret parlez-vous ?

- C'est ce que vous devez découvrir ! C'est vous l'enquêteur, non ? Il y a bien quelque-chose que vous savez dont vous n'avez parlé à personne ?

- Vous aurait-elle parlé de quelque chose quand elle est passée vous donner le carnet ?

- Le prêtre lui a bien fait quelques confidences sur un potentiel secret de famille, cependant il est préférable qu'elle vous en parle elle-même. Ce dont je vous fais part, elle ne le sait pas. Il s'agit d'une affaire dissimulée depuis presque deux siècles.

Pensif, le capitaine se frotta le bout du nez. Les poils d'Alfred qui se baladaient dans l'appartement commençaient à le chatouiller et il éternua bruyamment. Il s'excusa auprès de la dame rousse. Il pensa qu'il était temps pour lui de se faire désensibiliser car il ne voulait pas terminer son existence en allergique chronique comme Arthur Mallandre.

- Cette histoire d'écrevisses me turlupine depuis pas mal de temps. Je n'arrive toujours pas à comprendre de quoi il s'agit. Je crois vraiment qu'il y a un lien avec l'ordre de la Rose-Croix, mais je ne sais pas lequel.

Natacha pâlit.

- Des écrevisses vous dites ? Regardez dans la page précédente, le treize août, vous aussi vous apparaissez dans l'almanach.

Emmanuel sauta deux pages en arrière, il n'en revint pas de stupeur. Une femme enceinte se noyait, étouffée par des écrevisses qui recouvraient son corps, sous le regard sombre d'un homme accablé et impuissant.

- C'est incroyable, c'est le rêve que je fais en boucle depuis dix jours. A qui appartenait ce carnet ?

- Je crains fort de ne pas le savoir pour le moment, marmonna Natacha d'un air songeur. Ce qui est limpide en revanche, c'est que vous devez sauver sa rose.

- Je ne comprends pas, pourriez-vous être plus claire ?

- D'après moi, il y aurait dans son sang des origines princières que l'on aurait caché par honte du qu'en dira-t-on. Le premier dessin date de l'année 1857, il s'agit d'un tombeau royal. A cause de l'erreur d'une personne, toute la lignée féminine de sa famille a été maudite et c'est vous Leverick qui devez la sauver.

- Comment pouvez-vous être si sûre que je sois en mesure de le faire ?

- Vous êtes bien l'unique personne qui a fait ce rêve voyons ! L'aube du secret a commencé depuis le meurtre de Lucien Landroze. Capitaine Leverick, vous ne pouvez plus faire machine arrière maintenant, il est temps pour vous d'accomplir votre destinée. Arrêtez de vous cacher dans votre carapace d'ogre !

Leverick se renfrogna une nouvelle fois. Natacha Bideltayme, avec sa voix aux dissonances aigües, avait cette simplicité éloquente de gonfler ses nerfs.

- Parfait, grogna-t-il. Comment puis-je faire puisque nous ne savons pas où elle se trouve et qu'elle est injoignable ?

- Il va falloir trouver, s'indigna Bideltayme en pinçant sa lèvre supérieure. Je n'ai pas encore eu le temps de réfléchir aux pages suivantes. Pour le moment, nous avons une énigme à résoudre capitaine. Il est écrit que pour trouver sa rose, vous avez besoin de toutes les roses. Quelles sont les roses qui sont à notre disposition depuis le début de votre enquête ?

Emmanuel alla chercher la copie du dossier qu'il avait gardé chez lui pour qu'ils le consultent ensemble. La réflexion leur prit du temps. Ils disposèrent les éléments sur la table basse et des heures plus tard, ils étaient encore là à penser et à lire devant un verre vide de tout rafraîchissement. Ils confrontèrent leurs idées les unes après les autres sans trouver de conclusion probante.

Natacha sut être bienveillante auprès de Leverick qui retrouvait au fur et à mesure le contrôle de ses émotions et son discernement. Elle lui assurait que les roses dont il était question n'étaient que les roses de la féminité perdue des descendantes de Gabrielle, et qu'il leur faudrait des mois, voire des années pour reconstituer son arbre généalogique. Emmanuel était persuadé qu'il ne fallait pas s'arrêter uniquement à cela et il essayait de trouver le lien entre tous les évènements qu'il avait vécu ces derniers mois.

- Est-ce que l'almanach indique une situation en date de demain, demanda-t-il beaucoup plus poliment que dans les heures qui précédaient ?

- La page a été déchirée, je suis navrée, il n'y a rien d'autre qui puisse nous aider pour l'instant.

Une lueur vivace éclaira le visage d'Emmanuel, il s'agita d'excitation.

- Qui d'autre que Lucien aurait pu arracher cette page ?
- Cela ne peut-être que lui, s'il gardait le livret si précieusement, s'esclaffa Bideltayme !
- Qui aurait voulu l'avoir en sa possession, enchaîna-t-il ?
- Par tous mes aïeux morts et ressuscités, cria-t-elle ! Lord William Wendsey !
- Je vais aller voir du côté de la basilique de Saint-Denis. C'est le seul endroit où je n'ai pas mis les pieds depuis le début de l'enquête. C'est mon supérieur qui a visité les lieux, le monument était en travaux, c'était un vrai bazar. Comme il n'y avait rien de particulier, il n'y a eu ni scellés, ni perquisitions, mais Lucien devait chercher ou cacher quelque chose et nous ne l'avons pas compris.
- Qu'est-ce-que cela peut-être ? souffla Natacha hystérique.
- Le Rosemary ! Le bijou perdu de la Reine Victoria, la famille Wendsey le cherche depuis des générations.
- Par tous les anges Emmanuel, vous êtes un génie ! Vous devez vite nous la retrouver, dépêchez-vous. Heureusement que ce bon vieux Lucien avait donné l'almanach au père Joseph !

Bideltayme lui sauta au cou et déposa une bise sur sa joue râpeuse mal rasée. Marchant à petits pas de geisha, elle le conduisit jusqu'au seuil de sa porte en fredonnant un air joyeux.

- A ce propos, demanda-t-elle en tournant le loquet de la serrure, vous ne m'aviez pas parlé tout à l'heure de l'ordre de la Rose-Croix ?

Sa mine de nouveau se décomposait en une once de perplexité, elle avait bégayé en terminant sa phrase si bien qu'Emmanuel sentit son trouble.

- C'est exact. J'ai découvert que Lord Wendsey était un chevalier rosicrucien, mais il est très difficile d'avoir des informations sur cet ordre mystique. Auriez-vous une idée sur le sujet ?
- Oh boy ! Vous devez faire vite ! Gabrielle court un très grand danger ! Je sais grâce à quelques-uns de mes clients que la nuit du quatorze au quinze août, les rosicruciens célèbrent la Vierge

Marie car elle transmet amour et fécondité. Il paraît que dans une époque très reculée, les membres de l'ordre n'hésitaient pas à sacrifier certaines femmes stériles qu'ils jugeaient inaptes à procréer.

- Vous auriez pu me le dire plus tôt, bondit Emmanuel ! Il ne me reste plus que quelques heures pour la retrouver.

- Miséricorde ! Courrez Emmanuel, à minuit il sera trop tard !

Natacha ferma la porte derrière lui. Elle respira bruyamment et souleva ses épaules comme soulagée d'avoir été entendue. Ils allaient certes endurer une épreuve difficile, mais la Bideltayme savait déjà, grâce à son don de clairvoyance et à la pratique de méditations puissantes, que dans les prochains mois, un grand événement allait bouleverser la vie de ce jeune couple.

XVII

Basilique de Saint-Denis, 14 août 2018

Le portail était ouvert. Leverick franchit le tympan de la Basilique et alla se nicher contre un des piliers de la nef. Son regard parcourut d'abord le sol noir puis explora l'enceinte de l'église. Il ne vit rien, il faisait sombre, mis à part quelques cierges qui se consumaient lentement ; l'endroit était désert. Au loin devant lui, les gisants des rois et reines de France assommés par une blancheur livide, baignaient dans une divine sérénité et une brume très fine surplombait leurs mausolées qui s'épaississaient d'un nimbe grâce à la lueur de chandelles. Les vitraux de la rose sud depuis peu restaurés, baignaient l'église de doux faisceaux de lune. Le cœur battant et la respiration courte, Emmanuel savait que Gabrielle était là, même s'il ne la voyait pas encore. Il reconnaissait cette présence invisible qu'il avait fuie depuis tant d'années et qui émergeait au fond de lui avec une force incroyable. Il était temps pour lui d'y faire face et de l'accepter comme faisant partie de son être. Comme il avait peur ! Son âme d'enfant continuait à se débattre, il ne voulait pas souffrir. Alors, cherchant à éviter cet amour qui l'envahissait, il retourna sur ses pas, prêt à abandonner une seconde fois la femme qu'il aimait.

En atteignant le portique, une vague d'air froid effleura son visage et le saisit d'un frisson. Sa promise l'appelait, il le sentait. Il déposa sa main droite contre sa joue et soudain, envahi de remords, il pivota pour observer les lieux avec plus d'attention. Au fond du chevet, il ne vit d'abord que le reliquaire de l'Abbé Suger, enchâssé dans une forêt de colonnes en marbre. Le policier tendit le cou et plissa les yeux. Sous l'autel, un passage amenait dans une crypte qu'il avait vue, fermée par une grille, il en était certain, quelques minutes auparavant. Ce lieu semblait éclairé maintenant et il était accessible. Emmanuel, effrayé, courut et dévala à toute allure les premières marches de pierre, jusqu'à terminer sa course en grandes enjambées pour atteindre le sous-sol. Il s'arrêta devant une Vierge à l'enfant et cria.

« Gabrielle ! Gabrielle ! »

Sa princesse était là, allongée au centre d'une chapelle mortuaire, à proximité de l'immobilité glaciale d'autres tombeaux. Elle était nue, à moitié recouverte d'un épais tissu pourpre et plissé qui tombait lourdement sur le sol. Sa poitrine dénudée laissait entrevoir ses seins arrondis. Elle était belle et ses mains détendues, posées sur son bas-ventre, tenaient entre ses doigts enlacés une rose d'un blanc éclatant reposant au creux de son sternum. Sa peau d'une extrême pâleur accentuait la douceur de sa fine bouche rosée et ses longs cheveux lisses encadraient son visage. Deux chandeliers enclavaient la jeune femme ; leur luminosité déposait sur son effigie une auréole bienveillante. Bercée par cette clarté, Gabrielle Landroze était paisiblement endormie. Elle semblait attendre son prince depuis l'éternité. Sa beauté était vertigineuse et se mêlait à celle de ce lieu sacré.

Les pulsations cardiaques d'Emmanuel s'accélérèrent et résonnèrent contre sa poitrine comme jamais auparavant. Il s'approcha avec lenteur. Accompagnant l'énergie macabre des gisants royaux, sa belle était immobile sur un lit funéraire. Le corps était inerte, Leverick n'entrevoyait aucun signe physique de vie ou une quelconque respiration et pourtant, toutes les particules de l'espace émanant du sanctuaire vibraient de son existence radieuse. Subjugué par sa candeur angélique, il n'arrivait pas à y croire, l'amour le submergeait, lui le bourreau des cœurs. Il se remplissait petit à petit d'une joie profonde. Le ressentiment qu'il éprouvait au fond de lui se transformait en une gratitude profonde et sincère. Il se mit à trembler, depuis la mort de Clara, jamais autre femme n'avait su pénétrer son âme rebelle. Elle, avait réussi. Il avait été arrogant et ne l'avait pas comprise. Son attitude abrupte et cassante avait fini de la démolir, elle qui était si fragile. Il n'avait vu que ses manières de femme bourgeoise trop bien élevée et n'avait pas su regarder au travers des apparences convenues. Quelque chose s'était bien passé dès leur premier regard, mais il était resté enfermé dans sa grotte de mâle dominant. Il l'imaginait chuchotant à présent dans son oreille.

- *Leverick, save my rose !*
- Sauve-moi Gabrielle ! Aime-moi comme jamais je n'ai su aimer, cria-t-il accablé !

Elle était la rose qu'il devait sauver, mais son égoïsme l'avait perdue, tandis que la honte et le désespoir l'envahissaient, la passion qu'il ressentait pour elle se dévoilait enfin devant lui. Pourquoi ne l'avait-il pas admis plus tôt ? Désormais elle était morte. Il s'approcha et submergé par les larmes, laissant tomber un instant sa garde, il s'agenouilla devant elle. Il implora Dieu, lui qui n'avait plus remis les pieds à la messe dominicale depuis la mort de sa mère lorsqu'il avait quatorze ans ! Quel sot il avait été, il avait cloisonné ses sentiments ! Il l'avait si mal aimée. Elle était devant lui et il la perdait à jamais. Il finirait sa vie seul, brisé pour toujours.

*

Un grincement retentit dans la pénombre, alors qu'il se recueillait depuis plusieurs minutes. Il sortit de sa mélancolie et entendit une sourde résonance quasi indistincte au niveau de la dalle supérieure. Il se retourna. Un bruit de pas irréguliers suivi de claquements arriva jusqu'à lui. Il n'était donc pas seul. Le policier alla se cacher rapidement dans l'obscurité et attendit ; prêt à dégainer. Il vit d'abord une ombre humaine, agrippée à une canne. Celle-ci claudiquait et descendait péniblement les marches des escaliers du sous-sol qui menaient non loin des tombeaux de Louis XVI et Marie-Antoinette. Quelques instants après, la chimère devint chair.
Leverick resta caché derrière un contrefort et plissa les yeux pour tenter de l'apercevoir. L'individu qui était devant lui avait changé. Il avait maigri et ses traits étaient tirés mais le capitaine reconnut cette stature charismatique qui avait séduit Gabrielle au péril de sa vie. C'était William Wendsey, il était vivant et il revenait pour terminer ce qu'il avait échoué

quelques mois plus tôt. Le Lord s'avança vers Gabrielle, il s'arrêta à droite et salua par un geste solennel la croix du Christ qui se trouvait devant lui. Usant de sa canne, il fit glisser l'étoffe de velours qui recouvrait Gabrielle avec une sérénité si malsaine que Leverick eut du mal à calmer la colère qui montait en lui. Il fallait qu'il patiente, qu'il observe jusqu'au moment opportun. A présent qu'elle était totalement dénudée, il vit des inscriptions sur son corps, identiques à celle de l'almanach d'astrologie. De son pubis naissait un arbre dont les branches se terminaient sur son ventre en une rosace de douze feuilles uniques. Dans chacune des feuilles, un signe du zodiaque apparaissait et au centre du tronc, à peine plus grosse qu'un embryon, s'inscrivait une écrevisse. Enragé par la fureur de perdre celle qu'il aimait, Emmanuel n'arrivait plus à se contenir et il sentait ses membres se crisper. Ce pervers l'avait tatouée de son empreinte satanique. Wendsey rompit le silence.

- Souviens-toi, *my little birdy*, ne dors pas trop longtemps. Ton prince charmant est arrivé, murmura-t-il de sa voix flegmatique.

L'anglais se retourna vers la pénombre et continua à haute voix.

- Le temps, semble-t-il, s'est arrêté sur cette beauté enchantée. Ne trouvez-vous pas monsieur Leverick ? Elle paraît encore plus jeune qu'elle n'est, ainsi endormie….

Il savait. Ce démon savait que le capitaine l'observait. Emmanuel devait à tout prix retrouver son sang-froid pour l'anéantir. Il attendit encore sans se montrer. Wendsey se déplaça de quelques mètres en boitant, il souffrait et son sourire narcissique trahissait une once d'inquiétude qui ne lui était pas habituelle.

- On dirait une vieille blessure de guerre n'est-ce pas ? Voilà ce qui se passe quand on joue les intrépides à mon âge en voulant sauter du deuxième étage, souffla-t-il, la voix vacillante. Heureusement tout de même que j'avais pris certaines précautions auprès de quelques voisins peu scrupuleux qui avaient une dent contre les services de police. Ils ont organisé mon secours et ils m'ont accueilli chez eux à bras ouverts pendant plusieurs semaines et en toute discrétion. La dépouille de ce pauvre Loïc a permis ensuite de rendre plausible mon décès ; du moins jusqu'à il y a encore trois semaines. Tout ceci me fut extrêmement plaisant, jacassa-t-il d'un rire lugubre.

Wendsey s'approcha lentement de la périphérie de l'esplanade où il se trouvait. Leverick remarqua alors que les signes du zodiaque recouvraient également les dalles de la crypte. Wendsey tapota l'une d'elle avec sa canne. Elle représentait une écrevisse. Il poursuivit :

- La symbolique de l'écrevisse n'a aucun mystère pour moi, monsieur Leverick. La bague que vous avez trouvée chez Lucien est très curieuse, je n'allais tout de même pas vous donner sa signification pendant notre première rencontre. Chez les Rosicruciens, écrevisse s'écrit avec un c à la fin. *Rosa et crux est veritas in cordem*, la vérité du cœur se cache dans la rose et la croix. Ne trouvez-vous pas cela très poétique ?

Il tourna sur lui-même en tapant bruyamment sa canne sur la dalle.

- J'ai bien cru que vous ne viendriez jamais chercher Gabrielle, grinça-t-il.

Sa face rougissait, il cracha un venin d'explications acérées au policier.

- Au temps où nos ancêtres bâtissaient les cathédrales, le signe du cancer était représenté par une écrevisse et non par un crabe. Nous sommes tous victimes des écrevisses, mon cher Leverick. Elles nous rongent et nous torturent, elles écrasent notre vie intérieure d'une vile culpabilité. C'est pour cela que nous essayons d'échapper aux desseins de nos mères. Le crabe, quant à lui, évoque la gestation, la variabilité et le chemin initiatique. Le crabe c'est l'archétype de l'absolue féminité, l'indécision du cycle lunaire, la beauté de Vénus et la délicatesse de la rose, assemblés dans un seul signe astrologique. Gabrielle est née le 19 juillet 1981, son thème astral est la transcendance même de cet archétype, c'est elle la rose, la seule et l'unique, celle qui rétablira l'ordre rosicrucien.

Emmanuel avança de quelques pas pour sortir de son repère, toutefois il resta encore muet, tapi dans le clair-obscur.

- Lucien avait tant brouillé les pistes que j'ai passé une grande partie de ma vie à la chercher. Il était nécessaire qu'il paie pour les difficultés qu'il m'a causées ; mais il s'y attendait et le bougre avait pris les devants, il savait que son heure avait sonné. Il s'est effondré devant moi avant que je n'intervienne pour le tuer. La suite vous la connaissez, je n'ai pas eu d'autre choix que de créer cette mascarade pour vous mettre sur la piste et aujourd'hui nous nous retrouvons face à face, liés à ce fragile destin. C'est elle que vous deviez sauver, mais votre cœur desséché et rongé par la colère l'a trahie, désormais je ne sais plus si vous en êtes capable.

Wendsey éteignit un des cierges qui se trouvait derrière lui, la fumée l'encercla un instant. Son faciès creusé apparut subrepticement rongé par l'angoisse. Le Lord voulait cacher ses émotions. Emmanuel devait profiter de cet instant de faiblesse. Sa hargne maîtrisée, impassible, il sortit de l'ombre, l'arme à la main et se jeta sur lui.

- J'ai toujours eu un doute sur votre honnêteté, dit-il en braquant le revolver contre sa tempe, vous m'avez fait prendre de gros risques pour ma carrière.

Pourtant, d'un geste vif et rapide, il le plaqua au sol et le désarma. Leverick, surpris par la force de son adversaire, pouvait à peine respirer, la canne lui serrait la gorge et il souffrait atrocement.

- Halte-là, capitaine ! Ne vous méprenez-pas sur mes intentions et écoutez-moi ! J'étais là où je devais être en attendant ce jour mémorable ! J'ai encore de nombreuses informations à vous transmettre.

Wendsey resserra avec vigueur l'étau dans lequel il avait mis Leverick. Submergé par la douleur, il se contenait pour résister.

- Le premier conseil des rosicruciens, noyau mère de l'ordre auquel j'appartiens, s'établit plusieurs siècles avant Jésus Christ, lorsque le peuple Hébreu quitta l'Egypte.

- L'Ordre de la Rose-Croix, grommela Emmanuel en se débattant.

Agacé, le Lord resserra une nouvelle fois sa prise contre son pharynx lacéré.

- Ne m'interrompez pas je vous prie, indiqua-t-il. Pour être exact, il s'agit de l'Ordre des Chevaliers de la Rose-Croix. C'est une association libre et pacifique qui enseigne l'Universalité à toute personne désireuse d'apprendre la liberté de l'âme, quelles que soient ses origines et sa religion. Lors de l'avènement du Christianisme, nombreux d'entre-nous se regroupèrent autour de Jésus et proclamèrent la Bonne Nouvelle. Tous croyaient en la présence divine de l'être et en la quintessence de l'Homme. Alors que Jésus mourait sur la croix, Marie, accompagnée de Marie-Madeleine, nous engagea à poursuivre l'œuvre de son fils et nous confia la Rose Mystique, son bien le plus précieux, le collier universel de la fécondité. Elle nous recommanda d'agir avec prudence et de le transmettre de génération en génération aux travailleurs sincères qui se préparaient dans chacune de leur incarnation à devenir des chevaliers de l'Ordre. C'est à cette époque que les symboles de la Rose et de la Croix furent utilisés pour la première fois. La croix symbolisant le corps et la rose l'âme. Le pendentif a traversé les âges et les époques pendant presque 1900 ans, malgré les guerres de religions et les profonds changements politiques et philosophiques de l'humanité. Il a attiré la convoitise de ceux qui avaient soif de pouvoir mais il est toujours resté aux mains de ceux qui étaient charitables. Les plus grandes femmes de l'Histoire l'ont porté et l'ont transmis à leurs filles afin de protéger leur progéniture. En 1857, le pendentif disparut mystérieusement quelques temps après que la reine Victoria l'eut prêté à l'impératrice Eugénie en gage d'amitié. Nul ne sut ce qui l'en advint et tous crurent qu'il avait été volé, or il avait été simplement caché afin que la famille royale britannique survive à une terrible malédiction profanée sur la descendance de la princesse Vicky, la fille aînée de la Reine Victoria. Mes aïeux, proches amis de la Reine d'Angleterre, ont reçu pour mission de le rechercher et pendant plus d'un siècle, nous avons mené une lutte singulière et difficile pour retrouver les traces de la filiation royale de la reine Victoria. Nous avions presque perdu espoir, pourtant, une descendante fit miraculeusement surface au début des années soixante. Cette femme était clairvoyante, elle avait compris qui elle était et devint membre honorifique de notre délégation. Un jour, elle prit peur, dépassée par ses propres visions et elle disparut à son tour pour cacher son enfant. Elle n'avait pas compris que nul ne peut protéger quiconque de son destin.

- Vous êtes en train de me dire que la reine Victoria est une lointaine ancêtre de Gabrielle et que sa mère est une cartomancienne ! Vous délirez totalement, arracha Emmanuel dans un cri de souffrance !

La canne entre les deux mains, Wendsey le traîna vigoureusement jusqu'à l'autel où gisait Gabrielle. Il attrapa le pommeau de sa canne et sortit son épée, obligeant Leverick à se mettre sur les genoux. En l'empoignant par la nuque, il accola son menton contre le marbre de la sépulture tout en le menaçant avec la pointe de son arme.

- Il y a des choses à ce moment précis que vous n'êtes pas encore en mesure de comprendre cher ami, siffla Wendsey en perdant sa voix plate régulière. Vous aurez tout le loisir de mener votre enquête dans les prochains mois. J'ai compris assez rapidement que le collier se cachait dans la basilique de Saint-Denis grâce à l'almanach d'astrologie qu'avait honteusement gardé Lucien. Ce pauvre simplet croyait qu'il était seul capable de le retrouver dans la Sainte Rose-Croix ; le tombeau des rois ; mais il n'a pas compris que seule sa nièce pouvait mettre fin à cette terrible malédiction.

Emmanuel s'était fait avoir comme un débutant, il se sentait asthénique et humilié. Intrigué par la puissance et le charisme que dégageait cet homme, il décida d'agir avec souplesse. Il avait certainement raté quelque chose et à ce moment précis, il ne savait plus très bien si William Wendsey était aussi déséquilibré qu'il le croyait. Il entrevoyait une sincérité dans ses propos qu'il n'aurait guère soupçonnée en temps normal, mais la situation qu'il vivait était hors du commun et sortait des champs cartésiens auxquels il était habitué.

Il n'apporta plus de résistance et son agresseur qui avait retrouvé toute sa contenance relâcha sa prise.

- Bien, vous agissez dans la voie de l'humilité, c'est tout à votre honneur, dit-il d'un ton moins sarcastique. Restez-là et continuons, voulez-vous. Gabrielle est du signe du cancer certes, mais ce n'est pas tout, regardez bien les inscriptions sur son corps, que cachent-elles à votre avis ?

Leverick, à bout de souffle, baissa le regard, engageant le Lord à prolonger son monologue.

- Vous ignorez tant les phénomènes invisibles que cela me paraît presque désobligeant. Il s'agit de son arbre du cosmos. Je l'ai tracé il y a quelques heures pour préparer la cérémonie du sacrifice, alors que votre douce fleur nous avait déjà quittés après avoir bu un élixir de mon cru. Il s'agit uniquement de sa lignée féminine, douze générations de femmes qui ont été victimes depuis 1857 de la terrible malédiction familiale. Douze femmes nées chacune sous un signe astrologique différent. L'oracle l'a prédit, Gabrielle est l'Elue. Pour libérer sa descendance, elle doit retrouver le chemin de la rose et vous seul Emmanuel pouvez l'aider.

C'en était trop, Leverick en avait assez entendu. Il était anéanti, l'infâme l'avait empoisonnée. La fureur le frappait de nouveau, mais cette fois elle était plus que justifiée. Retrouvant l'énergie qui l'avait quitté, il se redressa d'un bond, poings serrés.

- Qu'est-ce-que tu lui as fait crapule !
- Rien qui ne soit irréversible, rassurez-vous, répondit Wendsey avec assurance et tranquillité.
- Vous êtes fou ! Qu'est-ce qu'elle doit trouver à la fin et qu'est-ce que j'ai à voir avec tout ça ?

L'anglais eût un rire acerbe.

- J'ai vu que vous l'aimiez n'est-ce pas ?
- Comment avez-vous su pour nous ? Qui vous a informé ?

- Il n'y a pas de hasard, la vérité est écrite bien au-delà des apparences. Il s'agit d'être patient et d'écouter ce que l'on a à vous dire.

- Je n'y comprends rien. Qui êtes-vous ? interrogea le policier en lui lançant un regard noir de malveillance.

- Juste un ami de la famille qui a une vieille mission à accomplir. N'oubliez pas, Gabrielle sera sauvée si vous suivez mes conseils. Dieu ne joue jamais aux dés, il n'est qu'amour et bienveillance !

- Arrêtez donc avec vos balivernes ! Dites-moi ce que vous lui avez-vous fait et comment je dois la sortir de là ?

- Du calme mon ami, nous sommes deux hommes distingués, il est de notre devoir de nous comporter en gentlemen en présence d'une femme.

Submergé par ses sentiments, le capitaine sentait un désir de vengeance l'envahir. Les deux hommes étaient prêts à se confronter et s'observaient l'un et l'autre de haut en bas. Ils patientèrent ainsi quelques secondes. Emmanuel frappa le premier avec force, mais Wendsey sentit le coup venir et il esquiva. Faisant tomber sa canne, il cogna à son tour. Ils s'acharnèrent l'un contre l'autre jusqu'à ce qu'un coup de feu retentisse. Leverick avait tiré le premier et il voulait avoir le dernier mot.

XVIII

Basilique de Saint-Denis, 15 août 1857

Il faisait froid et l'air était glacial. Allongée sur ce qui ressemblait à un lit de pierres, Gabrielle ouvrit les yeux. Les lueurs de la Lune caressèrent son visage subtilement, elle se réveillait. L'endroit était sombre et moite, seule une petite lucarne amenait de la lumière. Les rayons lunaires filtraient uniquement à travers la fenêtre grillagée. Une odeur de fleur d'oranger et un silence de mort embaumaient la pièce. Lourde de fatigue, elle avait la sensation d'avoir traversé les siècles et se ressentait étrangère à cet instant présent.

Son corps lui semblait si différent, que la jeune femme entreprit de bouger lentement ses membres endoloris. Approchant les mains de son visage, elle toucha ses pommettes comme si elle allait rendre son dernier souffle. Les paupières closes, elle avait la sensation de ne pas avoir ingurgité d'air depuis une éternité et elle inspira. Ses poumons lui paraissaient vides et lorsque l'oxygène fut absorbé, elle sentit monter une chaleur diffuse jusqu'à ses joues. Gabrielle était bien vivante, mais elle avait du mal à respirer et elle prit plusieurs inspirations et expirations avant de retrouver un rythme cardiaque régulier. Singulièrement, elle ne se reconnaissait ni totalement physiquement, ni complétement intérieurement, son âme pourtant était bien là, identique. Elle avait la sensation d'être plus jeune, presque plus proche de l'adolescence que de l'âge adulte et sa corporéité avait changé. Ses formes étaient plus généreuses et elle était plus petite de taille. Ses cheveux épais et auburn étaient rassemblés en un chignon tressé et à l'intérieur de son intimité, elle sentit quelque-chose ; une autre présence. Elle souleva la tête et regarda son abdomen, elle était enceinte. Son ventre était pesant et se contractait. Le corps de femme qu'elle habitait était sur le point d'accoucher, mais ce n'était pas le sien, ou pas tout à fait. Que se passait-il et où était-elle ?

Elle s'observa avec attention. Elle portait une robe épaisse bleue indigo et sur ses épaules tombait une cape d'un tissu fort coûteux en velours. Elle amena la main droite autour de son cou où se trouvait un collier. Une douceur paisible glissa entre ses doigts fins le long de la chaîne jusqu'à caresser un pendentif en forme de rose. Il les protégeait, elle et son enfant. Un corset lui serrait le buste et elle saisit mieux pourquoi elle avait des difficultés à se ventiler. Elle devait cacher sa grossesse car le père de sa progéniture n'était pas celui pour lequel sa famille avait engagé les fiançailles. Elle fit appel à sa mémoire pour comprendre ce qu'elle faisait là, allongée dans ce qui ressemblait à une cellule monastique d'un autre temps. Malgré le brouillard dans lequel se trouvait son esprit, une conversation lui revint en mémoire, elle datait de plusieurs mois.

- Vicky, il est temps pour vous de partir et de quitter le Palais pour plusieurs semaines.

- Je ferai ce qui vous semble juste Majesté, répondit-elle en inclinant la tête.

- J'ai donc pris la décision de vous envoyer en France jusqu'à nouvel ordre. Vous serez sous la protection de l'impératrice Eugénie, elle prendra soin de vous jusqu'à votre accouchement. Nous avons prévu un arrangement avec une famille bourgeoise afin que l'enfant puisse vivre décemment toute sa vie et ne soit pas dans le besoin. Mon amie a déjà organisé toutes les formalités administratives. Il va sans dire qu'officiellement nous vous envoyons pour parfaire votre éducation avant vos noces et vous devez bien comprendre que même l'empereur Napoléon n'est pas au fait de ce qui se trame.

- Bien mère, je ferai selon votre souhait, dit-elle.

- Evidemment, Lady Ely vous accompagnera et vous avez la formelle interdiction de revoir ce jeune homme dont vous êtes amoureuse. Nous avons fait le nécessaire pour qu'il quitte la cavalerie des cent-gardes et soit envoyé en Orient.

Les yeux de Gabrielle se remplirent de larmes. Elle hoqueta, un drame terrible la tourmentait. Sa mère était Victoria de

Saxe-Cobourg, Reine du Royaume-Uni et Impératrice des Indes et elle, sa fille aînée, se faisait appeler Princesse Vicky.

Elle se souvenait à présent de ce jour, où, invitée dans le cabinet personnel de la reine, elle avait eu connaissance du tournant tragique que prenait à jamais sa vie. Elle avait supposé qu'elles passeraient leur après-midi à compléter leur herbier respectif et pour l'occasion, elle avait décidé de s'habiller dans une robe blanche très simple, agrémentée d'une broche de fleurs séchées qu'elle venait de se fabriquer elle-même, après sa promenade matinale à la roseraie. Or, contrairement à son habitude, sa mère n'avait pas prêté attention à sa tenue vestimentaire. La reine avait usé habilement de son autorité pour parvenir à lui faire adopter son point de vue, l'enfant qu'elle portait n'était pas de sang royal et jamais elle ne pourrait vivre à ses côtés.

- Ma chérie, ne pleurez pas, s'il vous plaît. Vous devez bien comprendre que dans notre famille, la raison du cœur passe toujours en dernier, lui avait-elle signifié en tendant une main vers elle. Je sais que vous n'imaginiez pas il a peu encore, de devoir en arriver là et sacrifier votre vie pour un homme pour qui vous n'avez pas encore de sentiments, mais le temps sera votre allié et dans quelques années, ce tragique incident ne sera qu'un lointain souvenir.

Malheureuse, Gabrielle essuya ses larmes et décida de se lever. Avec grand peine elle s'assit d'abord sur le rebord de son couchage. Déconnectée du monde extérieur, elle essaya de se repérer et de trouver un point d'appui car elle ne savait plus où elle était et ce qu'elle y faisait exactement. Bottines aux pieds, elle posa ses semelles sur les dalles noires et se hissa avec difficulté. Elle frémit et reprit confiance en elle. A présent, elle se souvenait qu'elle était venue à la Basilique de Saint-Denis pour accomplir sa mission de vie. La princesse avança à petits pas jusqu'au milieu de la pièce étroite où elle se trouvait. Elle entendit le clocher annoncer vingt-trois-heures trente. Elle serra les dents car elle n'avait plus que trente minutes pour accomplir son dessein, ensuite il serait trop tard. Deux sœurs bénédictines l'avaient découverte en début de soirée alors

165

qu'elle était en train de prier dans le cloître. Elles avaient cru qu'elle était une jeune bourgeoise en perdition et compte-tenu de son état, elles l'avaient amenée dans l'ancien dortoir pour la cacher et décider de son triste sort. Les saintes femmes n'avaient pas conscience à cet instant qu'elles risquaient de compromettre l'avenir de la princesse. Pour n'être vue de personne, Vicky s'était cachée de Jane Ely et elle avait attendu la fin de la journée pour se faire transporter ici dans le plus grand secret. Elle avait bien fait de fuir car d'après la médium, elle était la seule à pouvoir mettre le Rosemary en lieu sûr. Quelques jours auparavant, la voyante lui avait tiré les cartes pour la guider sur la bonne voie. L'oracle indiquait de chercher le signe du cancer au cœur même de la Rose-Croix et en usant de son intuition, elle devait être en mesure de trouver seule le bon emplacement. Jamais Vicky n'était venue dans ce lieu auparavant et à l'heure qu'il était, il lui restait peu de temps pour cacher le pendentif. Maintenant, elle n'avait plus d'autre choix que d'accepter de cacher sa descendance afin de la protéger de la malédiction qui pesait désormais sur son arbre généalogique. Les douze générations suivantes étaient maudites à cause de ce terrible sortilège et il était de son devoir d'essayer de sauver la lignée souveraine, autant qu'elle le pouvait. Vicky savait qu'elle ne reviendrait pas dans la Basilique de sitôt et qu'elle devrait faire un long voyage dans les cieux angéliques pour retrouver un jour, croyait-elle, cette maternité qu'elle perdait dans cette vie. Elle avait grand espoir car elle croyait à la résurrection de l'âme.

Elle chercha une issue à tâtons, un nuage venait de cacher la lune et il faisait nuit noire. Prise d'affolement, la princesse se dirigea vers un mur et le suivit en espérant atteindre une porte. Quelques instants suffirent pour qu'elle atteigne une poignée en fer forgé. Par chance, les sœurs ne l'avaient pas enfermée. Elle l'ouvrit lentement et n'entendit aucun bruit provenant de l'extérieur. A cette heure de la nuit, tout le monde dormait et la Basilique de Saint-Denis était vide de toute présence humaine. Il faisait frais, une douce brise venant de l'extérieur par la fenêtre apporta une odeur d'herbes fraîchement coupées jusqu'à ses narines. Elle referma derrière elle et emprunta les escaliers qui conduisaient jusque dans la galerie sud de l'édifice. Il faisait si sombre qu'elle manqua plus d'une fois de tomber. S'accrochant aux parois, elle s'arrêta quelquefois pour récupérer son souffle, mais parvint rapidement au rez-de-chaussée. Le parfum de l'encens baignait les gisants dans le repos du clair-obscur de cette nuit d'été. Par miracle, la lune éclaira de nouveau et sa lumière se diffusa suffisamment par les rosaces pour qu'elle puisse se diriger sans encombre jusqu'au chevet, où se trouvait le sépulcre qu'elle avait choisi. Elle s'agrippa à une cordelette et monta les quelques marches qui la séparaient du chevet. Elle se toucha le pubis avec souffrance et se pencha en grimaçant. Elle commençait à avoir des contractions et sentait que le bébé appuyait. Elle devait faire vite. Sa tête tournait et elle entendait quelqu'un lui murmurer au creux de l'oreille, mais elle ne voyait personne. Vicky se ressaisit et emprunta le couloir de colonnes de marbre. Quelques pas suffirent pour qu'elle atteigne le tombeau annoncé par l'oracle. Elle souffla et épousseta la dalle qui se tenait devant elle ; il s'agissait du bon gisant. Leurs âmes étaient sauvées, or ses contractions se faisaient plus régulières et il lui tardait d'en terminer. Elle réussit à sortir un étui de sa lourde cape et relut une dernière fois la lettre qu'on lui avait fait parvenir quelques heures plus tôt.

A cet instant, les douze coups de minuit démarrèrent leur compte-à-rebours et la jeune mère paniqua. Elle ne savait plus si dans son état elle serait capable de soulever la pierre. Le doute s'installa autour d'elle et enfuma son esprit. Elle cria et se vit ensevelie avec sa fillette dans ce cercueil où elles se débattaient ensemble pour respirer, mais plus elles criaient, plus elles suffoquaient. Lasse, la princesse déploya sa poitrine vers les cieux et ouvrit les bras en croix. Une ombre noire surgit derrière elle et l'agrippa. La princesse laissa échapper un dernier soupir et tomba sur le sol poreux de la basilique.

XIX

Basilique de Saint-Denis, 15 août 2018

Minuit ne tarderait pas à sonner. Wendsey avait reçu une balle dans la poitrine et ses jambes vacillaient. Son épée lui avait échappé lors du combat. Assurément Leverick était plus doué que lui pour la lutte à mains nues et le policier était loin d'avoir usé de courtoisie lorsqu'il dégaina son calibre de fonction. Il ne souhaitait pas y laisser sa peau, pas maintenant. A présent, il était prêt à tout pour Gabrielle.

Dans sa folie mystique, le Lord avait oublié qu'en vérité, il valait mieux garder les pieds ancrés sur terre, au risque de se fourvoyer auprès de ses semblables. Il était allé beaucoup trop loin et payait le prix fort pour ses actes dangereux. Son éducation si brillante ne pouvait excuser ni la sinistre mascarade du onze novembre dernier, ni sa malveillance envers la jeune femme. Une main sur sa blessure, il posa ses genoux sur les carreaux noirs et froids de la crypte. Il respirait encore, malgré les sifflements violents qu'exhalaient ses poumons et sa tête d'une sinistre maigreur lançait des plissements de front intempestifs vers son agresseur. Il s'étouffait, non pas d'agonie, mais de son rire moqueur qui prenait le dessus sur sa souffrance hémorragique. A quelques mètres de lui, le capitaine le regardait s'épancher sur ce qu'il croyait être, dans une foi exacerbée, sa gloire cynique et macabre. Sa noble suffisance le rendait diabolique et jusqu'au bout, il voulait avoir le dessus. Il cherchait encore à dominer celui qui l'avait affaibli.

- Votre colère ne vous rendra pas votre belle, gloussa-t-il en s'étranglant, vous l'avez perdue pour l'éternité !

- Scélérat, hurla Leverick à bout de nerfs ! Comment dois-je la sauver ?

Le capitaine s'approcha du malfrat, l'empoigna par les cheveux et lui colla une joue contre la surface du sol jusqu'à écraser ses lunettes vertes. Il le menotta. William Wendsey trépignait de douleur, son cœur commençait à le lâcher mais il résistait. Emmanuel était au bord du désespoir, il murmura férocement sa question une nouvelle fois.

- Dites-moi ce que je dois faire ou je vous abandonne à votre triste sort !
- Ne vous faites pas de souci pour moi, voyons ! Je suis une personne très solide, cingla l'anglais. Rassurez-vous, rien n'est jamais irréversible !

Il se tut un moment puis hoqueta. Sa vitalité l'abandonnait et sa mâchoire se contractait vigoureusement. Il inspira lentement pour irriguer son cerveau et retrouver un peu de force, puis déglutit petit à petit. Ses muscles sterno cleido mastoïdiens se contractèrent, il tourna le cou vers Leverick et le foudroya d'ingratitude. Conscient qu'il vivait certainement les dernières heures de son existence et qu'il recevrait peut-être son absolution, Lord William Wendsey lâcha prise devant son bourreau pour lui indiquer la démarche à suivre. Il enleva d'une de ses poches, une feuille jaunie par le temps et déchirée. C'était la page manquante de l'almanach, deux fleurs y étaient dessinées et s'entrelaçaient pour s'unir en calice

- Elle se réveillera seulement si sa rose rencontre le lys, mais faites vite, ou bien elle s'endormira pour l'éternité, exhuma-t-il de sa gorge.
- Vous êtes cinglé, Wendsey. L'existence de Gabrielle ne se limite pas à une prose désuète ! Donnez-moi le nom du poison qu'elle a ingurgité pour que les secours puissent apporter rapidement l'antidote.

Wendsey, la bouche pâteuse et sanglante, extirpa ses mots du fond de son gosier.

- Je vous l'ai déjà dit, il y a des choses que votre esprit cartésien ne sait expliquer, mais tout cela n'est pas que fiction croyez-moi. Réfléchissez-bien, Leverick. La rose doit rencontrer le lys.

La machoire ouverte, l'homme relâcha sa nuque sur la pierre froide. Il était dans le coma. Emmanuel, accablé, aussi livide que le blessé qui se tenait devant lui, se redressa et le délaissa.

Cette fois, il ne devait plus y avoir de doute. William Wendsey s'acheminait vers l'autre monde. Les bras ballants, le capitaine Leverick se retourna pour contempler la femme qu'il aimait. Il n'était pas encore certain d'avoir bien perçu le message que son ennemi lui avait soufflé. Cependant, il s'éloigna de cet être ignoble et s'approcha de l'autel où la belle reposait. Aussi divine et pure que l'aurore, Gabrielle Landroze dormait dans un sommeil très profond. Rien ne laissait supposer qu'elle était encore vivante, Leverick crut voir un mouvement imperceptible de sa poitrine, mais ses émotions le contenaient dans une lecture inexacte de la réalité. Il lui sembla se déplacer de nouveau à reculons. Sa vie se résumait-elle à la marche de l'écrevisse ? Pourquoi n'avait-il pas compris plus tôt qu'elle était celle qu'il attendait ? Il s'en voulait de s'être trompé, il s'était pris à son propre piège. Froid et distant avec elle, même durant leur relation, il avait toujours conservé sa carapace d'ogre. Dès l'instant où il l'avait vue, il avait senti son cœur s'écraser contre son torse. Il ne pensait qu'à elle, il palpitait mais il avait cloisonné ses sentiments. Il espérait éviter le danger : il avait eu tort.

Gabrielle était là, unique, face à lui et il la perdait à jamais. Dès l'instant où il avait mis les pieds dans cette basilique, il savait que sa dernière heure avait sonné et qu'il ne sortirait jamais indemne de cette histoire. Son cœur était brisé, s'il l'avait écoutée et s'il était resté, ils n'en seraient pas là aujourd'hui. Il aurait pris garde au drame qui se tramait, il aurait su la protéger. Leverick se jugea très sévèrement, il avait été trop lâche. Il enleva la rose qu'elle avait dans ses mains et la posa avec délicatesse sur le rebord de l'autel. Approcha sa tête contre la sienne et murmura dans son oreille.

- Gabrielle je t'aime, je suis là. Jamais plus je ne te quitterai, reste avec moi s'il te plaît.

Il caressa ses cheveux et l'embrassa. Prisonnier de lui-même, sa passion se réveillait progressivement et tourmentait autant son esprit que son corps. Submergé dans cette romance tournoyante, l'évidence lui sauta enfin au visage. Il tenta de déchiffrer le dessin dans le but de comprendre le message que

Wendsey lui avait transmis dans son inconscience. Une lueur d'espoir vit le jour dans la force de son âme : pour espérer sortir Gabrielle de cet état, il devait l'aimer comme Adam avait aimé Eve le premier jour. Elle était sa déesse et lui son absolu prétendant. N'ignorant pas la douleur qui existait dans son bas ventre, il savait qu'il devait faire acte d'une infinie douceur et l'accompagner sans trop d'ardeur. Subjugué par l'apparente faiblesse des femmes et muré dans d'ignobles obligations de performances, il ignorait depuis de trop nombreuses années le chemin qui amenait les couples vers l'extase.

Il quitta ses vêtements et recouvra leurs corps du tissu de velours qui jonchait sur le sol, alors que les douze coups de minuit entamaient leur danse répétitive. Gabrielle était sublime. De la cire chaude et brûlante tombait des bougies et un courant d'air froid parcourut la crypte, l'odeur de l'encens embaumait l'espace qui les abritait. Il enveloppa Gabrielle d'une étreinte ferme et puissante et ses doigts s'enfoncèrent dans la chair diaphane des bras de sa bien-aimée. Son torse contre le sien, il essaya de sentir les battements de son cœur, un souffle était à peine perceptible, pourtant il y en avait bien un. L'envie d'aimer le tenaillait d'autant plus que son abdomen se durcissait. S'il plongeait dans son utérus, il supposa qu'elle reviendrait à elle. Emmanuel prit appui sur ses coudes, des larmes coulèrent le long de ses joues et glissèrent jusque dans le creux du sternum de son amante. Elle frémit, sa poitrine se souleva un peu plus régulièrement, elle respirait. Les mains lisses et fortes de Leverick caressèrent le corps de Gabrielle sans oublier les moindres plis de ses courbes sensuelles pendant de très longues minutes. Ses seins s'arrondirent et son bassin s'alourdit. Jamais un homme ne l'avait touchée de cette manière et elle se donnait à lui sans résistance. Il la toucha encore avec puissance le long de son pubis et serra ses cuisses contre la base de son tronc. La rose était prête à accueillir le lys. Les pétales de son sexe étaient pleinement déployés, gardienne de son temple sacré, elle l'accueillerait ouverte et pleinement désirante. Emmanuel s'abandonna en elle et l'étreignit. A l'instant même, Gabrielle ouvrit les yeux, sentant cette vigueur masculine et sécurisante dont elle avait tant besoin. Emmanuel la chevauchait avec délicatesse et onctuosité. Leur union était puissante, magique et leur désir commun les emporta dans une ultime allégresse. Ils s'aimèrent toute la nuit, au point d'oublier le sanctuaire dans lequel ils se trouvaient. Sa compagne, sortie de son coma, serait à jamais une tout autre femme, en s'aimant ainsi, ils s'étaient délivrés l'un et l'autre de l'emprise du conditionnement qui entravait leur relation de couple.

*

Le jour se levait et les faisceaux du soleil scintillaient subrepticement à travers les vitraux de la basilique Saint-Denis. Apaisés et l'un contre l'autre, le couple dormait encore paisiblement dans la crypte, emmitouflé dans l'épais tissu pourpre qui avait servi de linceul à Gabrielle quelques heures auparavant. Elle se réveilla la première. Habitée par une impression de déjà vu, elle observa l'endroit avec gratitude ; ils étaient seuls et il était encore suffisamment tôt pour qu'ils ne soient pas dérangés. Affaiblie, encore sous le choc des évènements qu'elle venait de vivre, elle se redressa difficilement sur l'autel qui leur avait servi de couche et porta ses mains contre sa gorge. Elle avait mal et sentait une gêne au fond de sa trachée.
- Emmanuel ! cria-t-elle.
Son amant se leva à son tour et la blottit contre son torse nu. Elle toussa plusieurs fois avant de cracher un amas visqueux de la taille d'une amande. Leverick le ramassa, c'était une abeille royale. Selon son rituel machiavélique, le Lord l'avait nichée au creux de sa glotte.
- Mon Dieu, tu aurais pu t'étouffer, réagit-il.
Les deux jeunes gens s'observèrent quelques instants, dans l'abîme de leur regard, ils pleurèrent autant de joie que de soulagement. Ils avaient bien failli se perdre pour toujours.
- Jamais plus je ne t'abandonnerai, somma Emmanuel en entourant la figure de Gabrielle de ses deux pouces.

172

- Tu dois me croire, répondit Gabrielle. J'ai vu ce que jamais je n'aurais cru voir. J'ai rêvé que j'étais ici, mais je n'étais pas tout à fait moi. J'étais quelqu'un d'autre, j'étais dans un autre corps, pourtant, j'étais bien moi. Mon âme était la même, c'était une autre époque. J'étais Vicky, la fille ainée de la Reine Victoria, j'étais enceinte, prête à accoucher et je me cachais ici dans la basilique. Je ne sais pas exactement pourquoi, mais ma famille était en grave danger et j'ai tout fait pour la sauver. A présent c'est important, je dois prendre possession d'un bijou qui nous sauvera et il est caché ici quelque part.

Attentif à ce qu'elle venait de lui expliquer, Emmanuel réalisa que Gabrielle était celle qu'il attendait depuis fort longtemps. Elle semblait si fragile et si sûre d'elle à la fois, malgré l'irréalité dans laquelle ils baignaient. Natacha Bideltayme avait raison, Gabrielle Landroze était une femme exceptionnelle.

- Certainement tu ne me crois pas. Tu dois te dire que je suis en train de perdre la raison, abandonna-t-elle rapidement.

- Non Gabrielle, tu n'es pas folle, dit-il en lui caressant la joue. Tu es clairvoyante c'est tout. Le bijou que tu cherches s'appelle le Rosemary, il appartenait à la fille de la Reine Victoria et Lord William Wendsey savait que tu étais la seule personne capable de le retrouver.

- Il m'a tendu un piège, j'ai tellement eu peur quand il m'a amené ici ! Il me guettait depuis plusieurs jours, il a attendu le bon moment pour m'enlever.

- Ne t'inquiète plus pour cela, je l'ai mis hors d'état de nuire. Quand nous serons prêts, j'appellerai les collègues, ils viendront récupérer son cadavre.

- Où est-il ? Je ne vois personne à part nous, prononça Gabrielle perplexe.

Emmanuel balaya la crypte des yeux, il chercha le corps de Wendsey qui, il y avait juste encore quelques heures, agonisait dans l'ombre. Il n'y était pas, mais sur le sol des traces de sang se dessinaient jusque dans les escaliers qui montaient au premier niveau du bâtiment.

173

- C'est impossible, siffla le capitaine. Comment a-t-il fait pour s'échapper ? Les chances de survie sont infimes avec ce genre de blessure.

Contrarié, Emmanuel rassembla les quelques affaires qui traînaient et aida Gabrielle à se rhabiller. Ces vêtements avaient été soigneusement pliés et l'attendaient sur un prie-dieu à proximité de la chapelle mortuaire que le professeur de Kensington avait dressé pour sa cérémonie macabre. Ils remontèrent ensuite jusqu'au chevet de l'édifice religieux. La lumière du jour traversait pleinement les deux rosaces de la Basilique, parfumant les gisants royaux d'une clarté blanche et apaisante. Il n'y avait aucune trace de Lord William Wendsey. Le chevalier de l'ordre de la Rose-Croix s'était volatilisé une deuxième fois comme par enchantement.

- Rappelle-toi maintenant. Où est la Rose Mystique ? demanda Leverick.

- Je ne sais plus, tout est confus dans mon cerveau, dit-elle en se tenant le front.

- Voyons, concentre-toi. Nous ne pouvons plus faire machine arrière.

Gabrielle trembla si fort qu'il dut lui tenir les épaules. Debout devant lui, elle se sentit rassurée. Elle cligna plusieurs fois des paupières avant de les fermer : elle espérait ainsi faire le vide dans sa tête, elle s'appuya sur les sensations qu'elle avait découvertes lors de son semi-coma à l'hôpital. Elle focalisa toute son attention et toute son énergie dans son esprit. Elle se retrouva dans ce monde du milieu, entre le rêve et la réalité, là où elle avait déjà plongé sans le savoir. Neutre de toute pensée, elle s'achemina vers sa conscience la plus profonde et s'envola rejoindre les âmes qui flottaient autour d'eux.

Ses oreilles bourdonnaient, elle entendit leurs complaintes miséricordieuses. Elle frissonna de peur de les rejoindre parmi les étoiles. Elle eut l'impression de violer l'intimité céleste de ces corps royaux qui reposaient dans ce lieu saint et sentit les pieux de la chasteté divinatoire traverser leurs ombres passagères. Affamée de connaissance divine, elle s'acharna jusqu'à écouter dans les limbes d'autrefois. Elle entendit le discours lointain de l'oracle et le prononça de sa bouche, un mot après l'autre, en bribes saccadées.

- Entre les deux roses perdure le lit sacré des martyrs édifiés, en temps de guerre l'Eternel les a séparés. Faisant foi d'un seul et unique fils, qui par son saint sacrifice, a laissé la voie à la sainte lignée féminine, de procréer pour l'éternité. La Rose-Croix les protégera, la Rose Mystique les sauvera.

Emmanuel la secoua, il s'inquiétait.

- Qu'est-ce-que cela veut dire ? Qu'est-ce-que tu vois ? cria Emmanuel.

- Je ne sais pas ! Je dois continuer.

- Non, c'est trop dangereux. Tu n'es pas dans ton état normal.

- Nous n'avons pas le choix ! Natacha a dit que nous devions sauver ma filiation et c'est exactement ce que je suis en train de faire !

Sous les yeux effarés de son amant, la jeune femme ferma de nouveau les yeux et poursuivit son voyage dans l'au-delà, suivant le son aigu de son appareil auditif.

Elle entendit enfin le martèlement intempestif du sceptre de sa lointaine aïeule, la Reine Victoria, qui sévèrement lui indiquait l'emplacement tant recherché du pendentif disparu. Impatiente, la souveraine ordonnait dans sa robe noire la guérison de sa descendance. Soudain, Gabrielle sortit de sa torpeur et proclama dans un éclat de joie.

- J'ai trouvé Emmanuel ! C'est exactement le message que j'ai reçu de Marie lorsque j'étais à l'hôpital. Je dois suivre le chemin de la rose. C'est là-bas qu'il se trouve, au bord de la forêt de colonnes de marbres, entre les deux rosaces, dans le tombeau de la princesse sans nom ! C'est là que je l'ai déposé en 1857 !

Gabrielle fit le signe de croix comme pour se racheter d'avoir traversé les complaintes du temps, puis elle court jusqu'à la tombe indiquée par la reine Victoria. Elle caressa la plaque de fer qui indiquait qu'il s'agissait du tombeau de la princesse Blanche.

- L'oracle a choisi cette tombe car personne ne connaît à ce jour l'identité exacte de cette altesse royale, clama-t-elle à

Leverick qui venait de la rejoindre. Je devais comprendre qu'il s'agissait de retrouver ma filiation princière.

- A ce jour, tu n'as aucune preuve de ce que tu affirmes.

- Nous trouverons Emmanuel, nous avons toute notre vie pour cela.

Elle essaya de pousser la pierre tombale pour l'ouvrir, mais les forces lui manquèrent. Emmanuel l'accompagna dans sa tâche, mais en vain, la dalle leur résistait. Ils s'essoufflaient impuissants, ne sachant que faire.

- Ce n'est pas nécessaire de s'acharner maintenant. Nous trouverons un moyen un peu plus tard.

Gabrielle se renfrogna.

- Il est hors de question que j'abandonne si près du but.

La jeune femme avait compris que sa foi pouvait l'aider à accomplir des choses hors du commun. Elle lui attrapa la main et ils retournèrent jusqu'à la Vierge à l'enfant.

- Quand nos cœurs réunis seront aussi légers qu'une plume, le tombeau s'ouvrira. La Vierge Marie nous aidera. Agenouille-toi et récite avec moi.

Elle posa ses genoux contre le sol et se courba les mains jointes. Emmanuel hésita un instant à s'exécuter, mais il sentit que la foi humble et ardente de Gabrielle l'envahissait et que son cœur s'ouvrait et s'emplissait de bonté. Ils récitèrent à plusieurs reprises le *Magnificat*, jusqu'à ce que sous leurs yeux, les rayons du soleil jaillirent du centre de la Rosace Sud et se diffusèrent en éclat pour se diriger jusqu'au tombeau de la princesse sans nom.

- Essayons de nouveau, murmura-t-elle.

Le couple retourna devant la pierre tombale. Cette fois, comme par miracle, ils réussirent à faire glisser doucement la dalle de quelques centimètres. Gabrielle réussit juste à passer sa main dans l'ouverture. Elle tâtonna quelques instants, puis sortit une petite bourse de soie pourpre sous les pieds du gisant. Elle l'ouvrit et attrapa dans sa paume un objet pas plus gros qu'une pièce de deux euros, enroulé dans du papier. Délicatement, elle déplia le feuillet jauni par les années d'attente. La croix de nacre de la Rosa Mystica brillait si intensément qu'ils furent éblouis. Emmanuel enleva rapidement une de ses chaussures, puis défit un lacet pour enfiler provisoirement le pendentif. Il noua le collier autour du cou de Gabrielle. Ses bras tremblaient et elle pleurait. Elle venait de lire quelque chose sur le papier chiffonné qu'elle tenait entre ses mains.

- Regarde, dit-elle en lui montrant, j'avais raison à propos de ma famille, la reine Victoria m'a écrit.

Emmanuel l'entoura de ses épaules puissantes et lut le message. Jamais de sa vie, il n'aurait cru un tel prodige possible. Toutes les conceptions terrestres auxquelles il croyait en étaient transformées à jamais.

Palais de Buckingham, 13 août 1857

Qui que tu sois aujourd'hui ma princesse, heureuse sois-tu en ce jour béni. Tu as porté le voile jusqu'à voir l'aube se lever sur ta nature profonde. Le créateur t'a parlé et a dissipé tes doutes, désormais toi aussi tu es une femme de l'Ordre de la Rose-Croix. Reçois mes doux baisers de l'éternité.

Qu'il en soit ainsi.

Sa majesté Victoria, par la Grâce de Dieu,

Reine du Royaume-Uni, de Grande Bretagne et d'Irlande.

Perspective Céleste

A cause de la pluie battante, les graviers blancs du cimetière de Marcq-en-Barœul éclaboussaient les chrysanthèmes ensoleillés qui traînaient encore sur le rebord des tombes après les bousculades de la Toussaint. Les gouttelettes d'eau ballottées par les bourrasques du vent tournaient autour des parapluies comme des lames qui brisent le cœur des hommes. Malgré les intempéries, un petit groupe de personnes attendait patiemment qu'on enterre leur mort. Le cercueil était en train de s'acheminer lentement à l'intérieur de la fosse et Emmanuel Leverick regardait attentivement les visages abattus des membres de la famille Landroze qu'il aurait préféré rencontrer pour une autre occasion. Le capitaine avait réintégré le service de la brigade criminelle et avait posé deux jours de congés pour accompagner Gabrielle dans les Hauts de France. Suite à leur mésaventure dans la basilique de Saint-Denis, ses supérieurs lui avaient accordé exceptionnellement des circonstances atténuantes, notamment grâce au soutien de son ami, le commandant Mallandre. Lord Wendsey était toujours recherché activement, des témoins avaient aperçu un hélicoptère s'envoler au-dessus de l'esplanade de la Basilique, mais il était fort probable que l'affaire soit classée sans suite dans les prochaines semaines car l'ensemble de ses coéquipiers étaient au diapason du démantèlement des réseaux terroristes qui agissaient un peu partout inopinément en Europe.

Cependant, pendant plusieurs mois, Emmanuel était dans l'obligation d'être suivi par un thérapeute conventionné par l'administration. Dans son rapport du seize août, il n'avait pas tout expliqué et s'était bien gardé de mentionner les évènements irrationnels qui avaient eu lieu dans le saint édifice. Il n'avait pas non plus parlé du carnet noir de Lucien et avait commencé à faire des recherches de son côté pour retrouver la trace de la mère biologique de Gabrielle. Il était sur une piste, mais c'était beaucoup trop tôt pour lui en parler.

Sa compagne n'était pas prête, elle venait de perdre son père. A la sortie de l'église, elle avait ramassé une rose blanche, tombée du coussin floral qui ornait le cercueil. Gabrielle n'avait pas essayé de la replacer et la serrait à présent en souvenir dans le creux de sa main. Elle se tenait debout non loin de lui, entre sa mère Patricia et Augustine, sa grand-mère paternelle. Toutes trois, grandes et fines malgré leur écart d'âge, portaient avec élégance le deuil de leur cher Yves Landroze qu'elles aimaient au plus profond de leur cœur. Elles pleuraient les derniers instants trop courts qu'elles avaient passés avec lui. Son cancer de l'estomac avait été foudroyant et en quelques semaines, le père de Gabrielle avait vécu une descente aux enfers atroce, obligeant sa femme à retrousser ses manches et à recruter rapidement un docteur en pharmacie pour tenir la grande officine du centre de la ville.

Derrière elles, les deux oncles maternels de Gabrielle et leurs épouses se serraient pour se protéger du froid et une dizaine d'amis et collègues que fréquentaient ses parents, consternés par cette mauvaise nouvelle, avaient aussi fait le déplacement des quatre coins de la région. En signe de reconnaissance, Emmanuel Leverick baissa la tête et attendit que la tâche des serviteurs funéraires soit terminée avant qu'ils ne jettent, chacun à son tour, les fleurs qui accompagneraient le père de Gabrielle dans son ultime voyage terrestre.

Augustine lâcha le bras de sa petite fille pour sortir de la poche de son manteau les quelques derniers mots qu'elle souhaitait prononcer à haute voix. Elle se tenait digne et grisonnante sur le haut de sa canne et s'approcha de quelques pas du caveau familial. Emmanuel l'abrita autant qu'il le put de l'averse qui n'en finissait pas.

- Mon cher fils, commença-t-elle. C'est avec douleur que nous nous quittons. J'aurais espéré partir la première, mais malheureusement, ma destinée a voulu que mon mari et mes deux enfants décèdent avant moi. Tu me dirais certainement que le temps pour moi n'est pas encore venu et que ma place est encore ici, auprès de ta fille et de ta chère Patricia qui se retrouvent bien seule dorénavant. J'espère sincèrement que tu m'accompagneras dans ton petit coin de ciel pour la fin de mon existence et si tu le fais, je te promets que je resterai sereine jusqu'au bout. Embrasse mon cher Léon et ton frère Lucien de ma part. Sache que chaque matin, je prierai pour vous et pour le bonheur de ta chère Gabrielle.

Les trois femmes s'effondrèrent un instant, puis s'embrassèrent tendrement, prenant appui dans la force sacrée qui les accompagnait pour survivre à cette perte. Les uns et les autres vinrent ensuite les saluer et rendirent un dernier hommage au défunt avant de regagner à la hâte leurs voitures garées aux abords du cimetière.

Emmanuel les ramena toutes les trois dans la grande demeure bourgeoise de la famille Landroze où un buffet froid attendait les convives en cette morne et pluvieuse fin d'après-midi de novembre. La mine fade, Gabrielle se rapprocha de lui pour chercher du réconfort lorsqu'ils pénétrèrent dans le hall d'entrée de la maison. Ils étaient tous trempés et Patricia accompagna Augustine dans sa chambre pour l'aider à se changer avant l'arrivée de leurs hôtes. Gabrielle s'était cachée dans un vaste trench noir et lorsqu'il l'aida avec courtoisie à quitter son manteau, Emmanuel s'aperçut que le ventre de sa belle s'arrondissait de plus en plus. Il déposa sa main avec délicatesse sur son abdomen et l'embrassa sur la joue. Avec la pluie, ses cheveux qui lui arrivaient à nouveau au milieu du dos, frisottaient d'une manière inhabituelle et sa poitrine se voulait plus ronde et généreuse. Sur les conseils de Natacha, Gabrielle ne quittait jamais la Rose Mystique qui rayonnait autour de sa gorge et Emmanuel était fier. Heureux, il comblait la future maman de toutes les attentions les plus délicates. Ils s'échangèrent un sourire profond et sincère en soupirant. La vie est ce perpétuel recommencement, où nos émotions naviguent d'une situation à une autre, entre désir, plaisir et tristesse. Les deux amants s'étaient unis pour toujours dans cette extase d'une nuit de pleine lune, perpétuant ainsi l'inexorable continuité de l'existence infinie de l'univers. Ils n'oublieraient jamais qu'à l'aube, les secrets les mieux gardés peuvent voir le jour, mais que c'est au crépuscule qu'ils naissent aux yeux de tous.

Retrouvez toute l'actualité de la romancière

sur Facebook et Instagram

Découvrez également *La comtesse d'Eyssal,* un conte initiatique, disponible en version ebook et broché sur les boutiques Amazon Kindle et Kobo.

Printed in Great Britain
by Amazon